Guido Maria Kretschmer

Das rote Kleid

GOLDMANN
Lesen erleben

Buch

Anascha ist ein wunderschönes rotes Kleid aus Seide. Sie hängt an einem Filmset in der Garderobe und wartet gespannt auf ihren Auftritt. Aber Anascha ist noch ein junges Textil, und so ist sie froh, dass sie in guter Gesellschaft ist: Da gibt es Eric, den feinen alten Mantel, der bald ihr engster Vertrauter wird, ein liebenswertes Nachthemdchen, das immer vom Bügel stürzt, oder Lulu, das charmante Revuekleid aus Las Vegas. Nur gut, dass sie alle zusammenhalten wie aus einem Garn genäht, denn bald müssen sie so manche Herausforderung meistern. Und vielleicht gelingt es Anascha am Ende sogar, ihren großen Traum zu erfüllen – ein richtiges Zuhause zu haben und einen Menschen, der sie wirklich liebt, für immer …

Weitere Informationen zu Guido Maria Kretschmer finden Sie am Ende des Buches.

Guido Maria Kretschmer

Das rote Kleid

Roman

Illustrationen von
Guido Maria Kretschmer

GOLDMANN

Originalausgabe

Dieses Buch ist auch als E-Book erhältlich.

MIX
Papier aus verantwortungsvollen Quellen
FSC® C014496

Verlagsgruppe Random House FSC® N001967

1. Auflage

Neumarkter Str. 28, 81673 München
Umschlaggestaltung: Uno Werbeagentur, München
Umschlagillustration: Guido Maria Kretschmer
Innenillustrationen: Guido Maria Kretschmer
Satz: Uhl + Massopust, Aalen
Druck und Bindung: GGP Media GmbH, Pößneck
Printed in Germany
ISBN 978-3-442-31489-8
www.goldmann-verlag.de

Besuchen Sie den Goldmann Verlag im Netz

GUIDO
MARIA
KRETSCHMER

Für Anne und Ursel, die leider schon weg sind,
und für den kleinen Frank, der noch gar nicht da ist …

PROLOG

Was ist es doch für ein Vergnügen, wenn das Licht des Tages sich langsam verabschiedet. Wenn es die Zeit bekommt, alles mit sich zu nehmen und von seiner ursprünglichen Form zu befreien. Licht, das langsam geht, darf beruhigt seine Aufgabe an die Nacht übergeben.

Sobald jedoch Mondlicht die Dunkelheit vertreibt, wird jeder von uns in einen ganz besonderen Glanz gehüllt. Der Mond ist der Hoffnungsträger der Nacht.

Kleine Flusen und Fussel tanzen in seinen Lichtkegeln und erinnern an unsere Existenz. Sie lösen sich aus dem Gewebe, als ob sie wegwollten, um selbstbestimmt leben zu können. Die Farben spielen in diesem Licht keine Rolle mehr, wie so vieles in Mondnächten. Jegliche Form erhält eine neue Gestalt, und Grobes und Feines scheinen miteinander zu verschmelzen.

Das Mondlicht ist ein wahrer Zauberer, ein Weichzeichner und ein friedlicher Begleiter durch die Nacht. Und es ist das Licht der Erinnerung. Die Erinnerung ist die einzige Chance, der Endlichkeit zu entgehen. Und deswegen rufen wir Kleider uns gerne die schönen Momente in unseren Leben ins Gedächtnis, indem wir uns gegenseitig davon berichten. Heute bin ich an der Reihe, meine Geschichte zu erzählen.

Ich kann mir Ihre Verwunderung vorstellen, Kleidung, was soll die schon können, als einfach Kleidung zu sein? Nein, so einfach ist es eben nicht, denn wir können sprechen und haben eine Seele aus vielen sanften Fasern!

Ja, jetzt sehe ich förmlich Ihre Verlegenheit, und glauben Sie mir, ich weiß, wie Verwunderung sich anfühlt, ich erlebe sie mit Ihnen. Sie mögen auch einen Moment gedankenverloren über Ihren Pullover streichen, vielleicht öffnen Sie jetzt auch einen Knopf Ihrer Bluse und fragen sich, es kann doch nicht sein, dass mir hier ein Kleidungsstück etwas erzählen will?

Doch, so ist es!

Mein Name ist Anascha, und ich bin ein rotes Seidenkleid.

Den ganzen Tag habe ich auf diesen Moment gewartet: den Moment, wenn die schwere Wohnungstür sanft in ihr Schloss fällt und die Zahlenkombination der Alarmanlage leise piept. Denn nun beginnt eine ganz besondere Nacht, nun werde ich von meinem Leben berichten, von dem Ort, an dem ich geboren wurde, und der langen Reise, die mich hierhergeführt hat.

Das leise Hupen von unzähligen Taxis und die Geräusche der Menschen legen sich über die Nacht in meiner, unserer Stadt. Wir Kleider sind ein Teil dieser Nacht. Die Menschen tragen uns mit sich herum, und wir erleben ihre Geschichten, indem wir ihre Hülle sind. Wir halten sie fest, und manchmal geben wir ihnen die Chance, etwas ganz besonders Schönes an ihren Körpern zu betonen.

Wir schützen und stützen, und manchmal helfen wir auch einfach nur, schön warm zu halten. Die Wärme ist ein nicht zu unterschätzender Moment in unser aller Leben. Auch wir Kleider brauchen hin und wieder ein heißes Bügeleisen oder einen Strahl heißer Luft, damit unser Gewebe lebendig bleibt.

Den Menschen geht es nicht anders, ihre Bügeleisen sind warme und freundliche Worte, und der heiße Luftstrom sind die bestätigenden Blicke ihrer Mitmenschen. Es braucht so wenig, um sich wohl zu fühlen, und doch braucht es die Unterstützung der anderen, um sicher durch unser Leben zu kommen. In dieser Nacht könnte es passieren, dass meine Geschichte die Herzen erwärmt, wir werden es sehen.

Aber eines nach dem anderen. Ein Rock ist auch nicht in einem Schritt genäht, und eine alte Textilweisheit lautet: »Halte die Naht geschlossen, selbst wenn der Faden spannt.« All diese Weisheiten hat mir ein lieber Freund erzählt, aber dazu später mehr.

Mein Zuhause ist ein Ankleidezimmer. Es befindet sich in einer Stadt, der nachgesagt wird, dass sie niemals schläft. Die Wände sind von einem zarten Puderton, und der Boden ist mit einem weißen Teppichboden ausgelegt. In der Mitte des Raumes steht ein großer

Diwan, der so leicht wirkt, dass ich mich nicht wundern würde, wenn er eines schönen Tages aus dem Fenster fliegt.

Das Zimmer verfügt über eine beachtliche Größe. Conchita, die frommherzige Hausangestellte aus Puerto Rico, ist sich sicher, dass unsere Ankleide mehr Platz bietet als die Wohnung in Brooklyn, in der sie und ihre Schwester mit den Eltern und zwei Cousinen leben. Oh, und ich habe Jesus vergessen, der ja auch bei ihnen lebt, aber der braucht, so nehme ich einmal an, nicht so viel Platz, der wohnt ja sicher an der Wand.

Ganz in meiner Nähe hängt Amanda. Amanda ist ein blauer Samtblazer mit goldenen Knöpfen, und da sie nicht immer die erste Wahl ist und des Öfteren zu Hause bleibt, freut sie sich schon ganz besonders auf meine Geschichte. Samt ist so ungeduldig und empfindlich, aber verlässlich und ein guter Kombinationspartner. Amanda hat schon sehr viel erlebt, sie war auf vielen Galas und in der Oper, da hat sie sogar einmal fast neben Michelle Obama gesessen. Das müssen Sie sich einmal vorstellen, Michelle Obama ist eine tolle Frau, nach allem, was ich von ihr gehört habe, und jedes Kleid würde ein Stückchen Saum opfern, um in ihrem Kleiderschrank zu wohnen!

Auch der Minirock, die Moni aus dem Secondhand, konnte schon den ganzen Tag an nichts anderes denken als an heute Nacht. Wir haben alle Verständnis für ihre Unruhe. Sie war jahrelang in einem Laden in Malibu vergessen worden und hat einen Schaden genommen.

Ihr Reißverschluss klemmt, und sie ist etwas abgetragen. Deswegen ist sie so überglücklich, jetzt wieder ein Zuhause zu haben.

Moni hängt nun schon eine geraume Zeit neben Iris, einem zartrosa Abendkleid mit sehr hohem Schlitz. Die beiden haben sich angefreundet, und der Umstand, dass sie nur aus Versehen zueinanderkamen, macht ihre Freundschaft für sie zu etwas ganz Besonderem. Conchita hatte die beiden als eine hübsche Kombination zusammengehängt in der Hoffnung, dass unsere Besitzerin sie dann auch so tragen würde. Conchita glaubt, Jesus mag keine zu hohen Schlitze, und der Minirock würde helfen, die Sünde etwas zu minimieren. Dass Jesus keine nackten Beine mag, kann ich mir nicht vorstellen, aber wer weiß denn schon, was er gern getragen hat?

Die beiden sind jedenfalls ein großes Glück für uns alle, sie ergänzen sich und bringen uns immer wieder zum Lachen – vor allem die bunten Sommerkleider und die hellen Hosenanzüge, die auf die warmen Tage warten.

Einige Strandtücher riechen noch nach Salz und Meer, und feine Sandkörnchen hängen in ihrem Gewebe. Erinnerungen an den letzten Badeurlaub, und die warmen Sonnenstrahlen scheinen mit den Maschen eine Verbindung eingegangen zu sein, so leuchten sie, auch in einer Mondnacht wie dieser.

Direkt hinter der Tür hängen die schweren und warmen Wintermäntel. Sie haben freien Blick auf die

Abendkleider, ein Logenplatz. Die Abendkleider sind die Stars in jedem Schrank. Auch in unserer Welt haben sie die volle Aufmerksamkeit, denn ihr Glanz ist sehr vergänglich. Ein Abendkleid kommt selten vor die Tür.

Dafür erleben sie oft die wirklich aufregenden Geschichten, und da es immer dunkel ist, wenn sie das Haus verlassen, haben sie keine Ahnung vom Tagesgeschäft und dem normalen Leben. Normales Leben hängt auf der ganz rechten Seite unseres Ankleidezimmers, und wenn Sie sich jetzt fragen, wo denn ich ein Plätzchen gefunden habe, dann ist es gar nicht so einfach, es zu erklären, doch ich will es versuchen.

Es geht aber nicht nur darum in meiner Geschichte, das soll noch gesagt sein, es geht auch um die Liebe und die Hoffnung, ohne die es keine Zukunft gibt, egal wo auf dieser wunderbaren Welt. Denn in meinem Gewebe wohnt der Glaube an das unausweichlich Gute, das jeder von uns erleben kann, wenn er nicht aufgibt, sich danach zu sehnen.

Aber nun will ich endlich beginnen. Das fahle Mondlicht lässt den feinen Veloursteppich magisch erscheinen. Der Staubsauger hinterlässt Wellen in dem tiefen Flor, und in diesem besonderen Licht scheint er mit dem funkelnden Leuchter unter der Decke eine Verbindung einzugehen. Tausende von kleinen Pünktchen tanzen im Mondlicht auf dem Boden. Eine gute Kulisse für die Geschichte meines Lebens und die lange Reise, die ich unternehmen musste, um hier leben zu können.

KAPITEL 1

Ich wurde geboren in einem Modeatelier in Deutschland. Wenn man dort aus dem Fenster schaut, ist es immer grün oder grau.

Wir Kleider werden alle geboren in Ateliers, in privaten Nähzimmern oder, wie mittlerweile die meisten von uns, in Fabriken.

Ich bin aus einem feinen Stoff gearbeitet, aus reiner roter Seide, und ich habe einen nahtverdeckten Reißverschluss in meinem Rückenteil. Mein Saum ist mit einem Blindstich befestigt, und jede Naht wurde mit der Hand genäht.

Die Hände, die mich erschaffen haben, gehören Galina. Sie war von weit hergekommen, es hatte Wochen gedauert, bis sie Deutschland erreichte, das hat sie mal jemandem erzählt. Sie wurde geboren in den Weiten der kasachischen Steppe und ist nur hierher gezogen, weil ihr Mann einmal deutsche Vorfahren hatte. Sie ist immer fremd geblieben in diesem Land, aber sie hat ihre goldenen Hände mitgebracht.

Goldene Hände und ein perfekter Schnitt sind für uns Kleidungsstücke einfach alles. Selbst wenn unser Material nicht das feinste ist, können goldene Hände so einiges retten, und wir werden eine Augenweide, wie die Menschen sagen. Das meint zumindest Veronika, und die muss es wissen!

Veronika hat neben mir gehangen, als ich geboren wurde. Es ist der Zufall des Lebens, wer gerade neben uns hängt und wer uns auf den Weg bringt. Wer weiß denn schon, warum wir gerade in eine bestimmte Familie geboren werden? Es ist vielleicht einfach so geschehen, oder es ist, wie die Menschen sich gern einreden, Bestimmung, sie nennen es Karma, gottgewollt oder einfach nur Schicksal. So oder so: Es wird immer den einen geben, der an unserer Seite steht, der uns erklärt, was Leben bedeutet. Vielleicht ist das genau das Glück oder die Ungerechtigkeit des Lebens: Wir glauben erst einmal dem, der uns etwas erzählt.

Unsere Aufgabe ist schnell erklärt: Ein Kleid zu sein bedeutet, getragen zu werden. Veronika hat großes Glück gehabt, sie war ein geschätztes Textil. Ihre Besitzerin hatte sie gern, und dieser Umstand lässt sie über einen großen Erfahrungsschatz verfügen. Sie weiß, wie ein Leben mit einem Menschen ist.

Wir Kleidungsstücke werden von Menschen gefertigt. Sie sind unser Anfang und unser Ende. Sie wissen nicht, dass wir sie auch brauchen, ihre Zuwendung und ihre Pflege halten uns lebendig. Eigentlich passen wir immer auf sie auf, wir halten sie warm, und manchmal hängen wir auch ganz leicht an ihnen herunter.

Kleidung, die keine Zuwendung erhält, verliert die Fähigkeit zu sprechen, da geht es uns wie den Menschen, die uns tragen. Wir brauchen alle einen Freund, einen, der uns umarmen kann. Kleidungsstücke können sehr gut umarmen, wir haben für jeden Körperteil der Menschen einen Freund.

Nachdem wir fertig genäht sind und ein letztes Mal gebügelt werden, passiert die Metamorphose. Jedes Kleidungsstück spricht die Muttersprache des Menschen, der es erschaffen hat. Wenn es viele verschiedene Menschen mit unterschiedlichen Sprachen waren, die bei der Herstellung zum Einsatz kamen, wird sich immer die Sprache der begabtesten Schneiderin durchsetzen.

Wir sprechen aber alle auch Textilianisch. Diese Sprache gibt uns die Möglichkeit, mit allen Kleidern auf der ganzen Welt in Kontakt zu treten, sie in ihrer Unterschiedlichkeit zu verstehen. Die Menschen verfügen auch über eine Art dieser ganz besonderen Sprache. Sie braucht nicht gelernt zu werden, sie ist in ihnen angelegt. Sie heißt Mitgefühl, und diese Sprache ist auf jedem Kontinent zu verstehen. Leider wissen viele Menschen nicht, dass sie alle mindestens zweisprachig sind! Aber wir wissen, dass es beides gibt: Muttersprache und Herzenssprache.

Die Magie unserer Geburt passiert immer in der Nacht, wenn kein Mensch mehr wach ist, dann geht ein leichtes Kribbeln durch unser Gewebe, und wir werden für den Rest unseres Lebens ein Teil von euch.

Als ich die Augen aufschlug, sah ich als Erstes Veronika. Sie hing direkt neben mir auf einem Bügel und begrüßte mich in feinstem Russisch mit den Worten: »Herzlich willkommen, kleines rotes Kleid. Gott, da hat Galina sich aber selbst übertroffen.«

Erst jetzt bemerkte ich die vielen anderen Kleider, die auch da waren, und ihre bewundernden Blicke. Sie applaudierten und ließen mich hochleben. Es ist so wichtig, willkommen geheißen zu werden!

Veronika war ein Abendmantel. Ein bestickter Traum aus Samt und Seide. Als sie Samt sagte, spürte ich gleich, wie begeistert sie von sich war. Sie sagte: »Ya, prekrasno«, was so etwas wie »ach, ich bin wunderbar« auf Russisch bedeutet. Und das war sie auch. Schwarz wie die Nacht, ein Seidensamt mit einem cremefarbenen Futter, über und über bestickt mit kleinen Glasperlen in Grau und zimtfarbenen Kristallen.

»Ich bin zur Reparatur hier«, sagte sie, »ein Irrer ist mir auf die Schleppe getreten.« Bevor ich die anderen im Raum richtig wahrnehmen und begrüßen konnte, erwartete sie meine ganze Aufmerksamkeit.

»Nicht dass du jetzt denkst, ich wäre nicht mehr modern, Kleines«, flüsterte sie mir zu. »Weißt du«, sagte sie, »Couture«, und jetzt wurde ihre Stimme lauter, damit sie auch bis in den letzten Winkel des Ateliers verstanden werden konnte, »ist etwas Besonderes, *ich* bin etwas Besonderes.«

Als ein aufgeregtes Raunen durch den Raum ging, wurde sie für einen kleinen Moment nachdenklich,

und ihre Ärmel hingen für einen Wimpernschlag etwas müde an ihr herunter. »Ja«, sagte sie dann mit großer Geste, »es ist nicht immer leicht, ein textiler Traum zu sein, mein liebes Kind.«

Ich sagte so etwas wie: »Ach ja, und ist ja sicher auch nicht einfach mit defekter Schleppe«, obwohl ich nicht einmal genau wusste, was eine Schleppe war.

Veronika konnte anscheinend zwischen meinen Fasern lesen und drückte wohlwollend ihr Gesticktes an meine Seite. »Kleines«, sagte sie, »du musst noch so einiges lernen, ich kann nur hoffen, dass du in einem guten Kleiderschrank ein Zuhause findest.«

Ein Zuhause, dachte ich, aber ist mein Zuhause denn nicht hier?

»Und glaube mir«, sagte Veronika noch, »bei mir zu Hause ist kein Patz für dich. Ich bin eine schmale Größe 36«, und dabei erhob sie ihre Stimme zu einem Krächzen. »Du bist locker eine 40! Hübsch, aber dick. Ja«, sagte sie, »wie gut, dass du mich bei deiner Geburt an der Seite hattest, es hätte nicht jeder gleich die Wahrheit gesagt.« Dann zuckte ihr ganzes Gewebe vor Glück, dass ihre Kristalle nur so klimperten.

Sie erzählte mir von all den Kleidern und Hosen, den Röcken und Abendkleidern, die sie bereits getroffen hatte, um dann unvermittelt etwas leiser zu werden. »Weißt du«, sagte sie mit etwas Wehmut in der Stimme, »dass wir von der gleichen Hand geschaffen sind, ist etwas Besonderes, wir Russinnen sind immer etwas eleganter als der Rest. Wir lassen uns einfach besser tragen. Sage aber bloß den Parisern nichts, die sind doch so von sich eingenommen. Ich kenne ein Chanel-Kostüm, das sich so darüber geärgert hat, dass es nicht mehr getragen wurde, dass es anfing, selbst seine Fasern zu zerstören. Es ist böse mit ihm ausgegangen. Es wurde entsorgt und von Motten zerfressen«, sagte sie mit pikierter Stimme. Und dann wieder etwas nachdenklicher: »Übrigens wird uns Russinnen auch immer der Hang zur Melancholie nachgesagt. Ich glaube nicht, dass wir trauriger und gedankenverlorener sind als der Rest der Welt. Vielleicht hat es mit dem Licht zu tun, das in unserem Land herrscht, oder mit der Weite oder dem Schnee oder einfach nur, weil es so ist, wie es nun mal ist.«

Rechts neben mir hing ein Wollkostüm. Es hatte noch nicht ein Wort gesprochen, und ich erschrak, als es sich plötzlich leise bei mir vorstellte. »Mein Name ist Johanna«, sagte es, »wir sind zwei, mein Rock und ich.«

Erst da bemerkte ich den Rock, der sich unter dem Blazer zu verstecken versuchte.

»Er ist am Bund gerissen, und jetzt wird er von innen verstärkt, es ist ihm peinlich«, sagte der Blazer mit einem Knopflochzwinkern. »Wir kommen aus Fulda. Wir sind eine gute alte Maßanfertigung.«

Sie wohnten in einem Schrank bei einer Dame, die sonntags immer in die Kirche ging, und der Rock war auch bei der Sonntagsmesse gerissen. »Unsere Besitzerin lebt allein, und bei uns ist auch nicht die Welt los«, bemerkte der Rock.

»Wir kommen sicher einmal in den Himmel«, fügte der Blazer hinzu.

»Wenn ihr mal nicht in einer Altkleider-Sammlung landet«, meldete sich Veronika mit einem arroganten Grinsen im Gewebe. »Es ist doch unerträglich, wie die riechen, der Weihrauch ist denen aber auch wirklich in die Fasern gekrochen«, sagte Veronika. Sie drehte sich leicht zur Seite, um mir mit einer Geste anzudeuten: nicht unser Umgang!

Veronika war ein großartiges Stückchen Stoff und verfügte über einen so reichen Erfahrungsschatz, dass ich jedes Wort ihrer Geschichten in meine Fasern zog. Hätte ich in dieser meiner ersten Nacht vielleicht neben einem anderen Textil gehangen, wären meine Erwartungen an mein zukünftiges Kleiderleben anders verlaufen. Aber in dieser Nacht führte mich Veronika in unsere Welt ein, und ich glaubte ihr jedes Wort. Ich war noch ein junges Gewebe und Veronika der Abendmantel von Welt. Sie lebte in Belgien – und so war dieses Belgien von Anfang an mein Traumland.

»Ich bin Couture«, brach es immer wieder aus ihr heraus. Als einige Röcke aufstöhnten, setzte sie noch einen drauf und erklärte mir: »Ich bin etwas ganz Besonderes. Auch du, mein Kleines, hast Potential. Du bist von meinem Schlag, lass dir das gesagt sein«, säuselte sie. Dabei war sie so begeistert von sich, dass vor lauter Freude eine Perle von ihrer Schulter sprang. Alle lachten, und sie ignorierte den Verlust. Sie war zu elegant, um einer Perle nachzuweinen.

»Weißt du«, sagte sie, »ich habe schon vor Tagen gesehen, dass du etwas Besonderes wirst. Gestern hat uns leider Claire verlassen.« Als sie den Namen aussprach, lehnte sie ihre Schulter in meine Richtung, um etwas vertraulicher zu wirken. »Auch eine Halbschwester, zarter Chiffontraum mit Federkragen, eine Augenweide. Wir waren damals zusammen in der Show, ein tolles Mädchen. Chic und modern, lebt jetzt in Baden-Baden und ist seit letzter Woche mit einem Sakko zusammen«, sagte sie. »Na ja, die Cocktailkleider bilden sich immer gleich ein, dass es Liebe ist, aber sie ist rumgekommen. Die fliegt durch die Welt. Eines ist uns natürlich allen klar, so ein Leben kann schnell vorbei sein. Ein Loch einer brennenden Zigarette in irgendeinem Nachtclub kann ihr Ende bedeuten. Wenn es gut für sie läuft, endet sie in einem Designer-Secondhand in Malibu, und dann kann sie sich glücklich schätzen, wenn sie noch auf zweitklassigen Partys getragen wird. Na ja, die Federdinger«, sagte Veronika, »immer das Partyleben, das hält auf Dauer kein Stoff aus.«

Der Blazer bekreuzigte sich im Futter, und der Rock hielt sich den Schlitz zu, vom Partyleben wollte dieses Wollkostüm nichts wissen. »Ach, was sind wir froh, wenn wir wieder zurück in Fulda sind«, sagte Johanna. Ihr Rock drückte sich noch enger an den Blazer und flüsterte: »Nur dass wir zusammenbleiben, das ist mein einziger Wunsch.«

»Sentimentales Geplauder geht mir auf das Futter«, sagte Veronika, »dieses ewige Zusammenhängen, schrecklich. Die Kostüme gehen mir wirklich auf die Nerven. Sie kleben einfach immer aneinander und haben eine unbändige Angst vorm Verlassenwerden. Da sind mir die Hosenanzüge lieber, die sind manchmal richtig modern, und die trennen sich ruck, zuck, sobald mal eine flotte Jeans vorbeikommt, da kann so eine Jacke nicht anders, da wollen die eine schnelle Kombination, mein Kind. Hüte dich vor Hosen, die können mit allen, die machen nicht mal vor Pullovern halt, und glaube mir, so perfekt kann ein Hosenanzug gar nicht sein, dass die ewig zusammenbleiben. Weißt du«, sagte sie, »neulich in Brüssel sind wir einer Einladung gefolgt, so etwas mit gekrönten Häuptern und so, na ja, du weißt schon, eben Politiker. Solltest dich von denen fernhalten. Egal, ich wollte es nur einmal gesagt haben. Also, da war ein Hosenanzug aus Deutschland, er war die erste Wahl der Kanzlerin, so etwas in Rot, eine müde Farbe, mit zwei Knöpfen, die nach meinem Gusto zu plakativ waren, aber egal, dieser Blazer erzählte mir im Vorbeigehen, dass er sich sicher war, mich schon einmal in den Ferien getroffen zu haben. Na, da musste ich aber laut lachen. ›Wie bitte‹, sagte ich, ›was glauben Sie denn, wer ich bin, wir tummeln uns doch nicht wie in den Ferien rum.‹«

Veronika kam jetzt in Fahrt, und mancher Hosenanzug musste sich die Taschen zuhalten.

»Nein«, sagte sie, »mein liebes Kind. Glaube niemandem, der sich mit einer Hose einlässt. Du bist ein Kleid, du brauchst niemanden, du bist dir selbst genug. Gut«, fügte sie hinzu, »ich weiß, als reich bestickter Abendmantel werde ich immer mit Freundinnen getragen. Die Kleider brauchen mich halt, was kann ich dafür.«

Dann lachte sie wieder etwas zu laut, und ein kleines Nachthemd sprang vor Schreck vom Bügel.

»Selbstmord!«, rief Veronika, um im nächsten Moment zu sagen. »Nein, ich mache nur Spaß, diese billigen Wäschedinger springen immer von den Bügeln, sie wollen Aufmerksamkeit und wieder aufgehängt werden.«

Die ganze Nacht erzählte sie mir Geschichten von großen Erlebnissen, ihrem luxuriösem Leben und von Brüssel und Belgien. Belgien musste das schönste Land auf Erden sein und Veronika ein sehr glückliches Textil.

Später sollte ich erfahren, dass Veronika so überaus lebendig war, weil tagelang an ihr gearbeitet wurde. Aufmerksamkeit und Pflege geben uns Energie. Verlassen und unbeachtet in einem Schrank verlieren wir an Lebensmut und werden still.

Auf der anderen Seite neben mir hing Sonja, ein hübscher kurzer Rock, der, wie ich, erst gestern fertig geworden war. Sie war zartrosa und hatte in ihrem Futter Initialen eingestickt, SH. SH stand für Sarah Hermann, eine zauberhafte Moderatorin eines großen Fernsehsenders, erklärte mir Veronika. Sie hatte anscheinend das Glück, die heimliche Geliebte des Programmchefs zu sein, und so konnte sie sich auch Angefertigtes leisten.

»Die wird ein gutes Leben haben«, sagte eine Art Bademantel, der gegenüber an der Tür hing.

Ich hatte ihn noch gar nicht bemerkt, und der Mantel stellte sich freundlich vor. »Ich bin die Bärbel. Ich spreche Deutsch, aber ich komme aus Polen. Ich wurde vor vielen Jahren von Uschka genäht, die ist schon in Rente«, fügte sie hinzu. »Ich bin hier das Mädchen für alle, ich bin der Anprobemantel, an mir kommt keiner vorbei. Ich komme immer zuerst, und dann seid ihr erst dran«, sagte sie mit selbstbewusster Stimme. »Ich hänge hier an der Tür und habe gut zu tun.«

Veronika hob ihr einziges Knopfloch verächtlich nach oben: »Ja, ja«, sagte sie, »jetzt kommt wieder die Geschichte, Uschka hatte sie alle unter der Nähmaschine … Schade nur, dass Bärbel eben immer noch an der Tür hängt, ich dafür in einem Ankleidezimmer in Brüssel.« Veronika strahlte mit jeder Faser ihrer Existenz und strich sich gefühlt zum hundertsten Mal über den Samt, aus dem sie gearbeitet worden war.

Als es schon langsam hell wurde, war Veronika auch etwas müde geworden, und bevor sie die Fasern zur Ruhe legte, sagte sie zu mir: »Anascha, mein liebes Kind, ich werde heute zurück nach Hause verschickt werden. Es war ein großes Vergnügen, dich an mei-

ner Seite gehabt zu haben.« Dann machte sie noch eine große Geste: »Ich wünsche dir ein großartiges Leben, ein gutes elegantes Zuhause. Das Leben ist bunt und mondän, vielleicht sehen wir uns einmal wieder, wer weiß, Monte Carlo zum Beispiel ist ja für uns immer eine Option.«

Wie auf Kommando ging die Tür auf, und einige Schneiderinnen betraten ihren Arbeitsplatz.

»Eine gute Gelegenheit, um sich nach dieser schlaflosen Nacht etwas zu erholen, jetzt ist die Zeit der Menschen«, raunte Bärbel mir zu. »Und im günstigsten Fall hält so ein neuer Tag für uns auch etwas Zuwendung bereit. Einige Stiche mit Nadel und Faden, ein neues Futter, und die Aussicht auf etwas Bügelwärme sind für uns Textilien der Himmel auf Erden.«

Der Rock drückte sich hilfesuchend an seinen Blazer und hoffte, dass das neue Futter und die Extraweite die innige Beziehung der beiden nicht verändern würde. »Ich bin froh, wenn wir wieder zu Hause sind«, säuselte er dem Blazer in die Paspeltasche.

»Reiß dich doch mal zusammen«, sagte der Blazer, »freu dich doch auf ein neues Futter, was gäbe ich für etwas Veränderung.«

»Hört, hört«, kommentierte Veronika, »meine Lieben, es war mir ein Vergnügen, viel bleibt mir nicht mehr, als mich zu bedanken, war schön mal wieder in der Heimat. Anascha, lebe wohl, mein liebes Kind, wie gesagt, wir sehen uns bestimmt wieder.«

Sie hatte den letzten Satz kaum beendet, da wurde

sie auch schon auf ihrem Bügel aus dem Raum getragen.

Ich war sehr müde, und mein Gewebe brauchte dringend etwas Erholung. Wenn wir schlafen, dann erholen sich die Fasern, und unser Gewebe erholt sich von der Aufgabe, für die wir gemacht wurden.

Später sollte ich lernen, dass auch die Menschen manchmal sehr müde und erschöpft aussehen. Wenn sie wüssten, dass ihre Kleidung noch nicht ganz wach ist, so würden sie uns sicher besser behandeln. Ein auf den Boden geworfenes T-Shirt wird über Nacht eben auch nicht attraktiver, und dann kaufen die Menschen eine neue Creme und schneiden sich unmögliche Frisuren. Sie belegen Kurse, um dem Leben neue Impulse zu geben, verlieben sich in die falsche Jacke und reden sich immerzu ein, dass nichts zu ihnen passt. Sie verlieren hin und wieder sogar das Vertrauen und hadern mit sich und der Welt. Sie suchen nach der Wahrheit und finden niemanden, der ihnen einen Rat gibt. Sie sollten vielleicht ein warm gebügeltes Hemdchen tragen und spüren, wie die Restwärme auch von den Menschen Besitz ergreift. Eine frische Bluse rettet nicht die Welt, steht ihr aber auch nicht im Weg. Ausgeschlafenes Textil ist immer ein guter Begleiter!

Ein warmer Luftzug, der von dem großen Bügelautomaten herüberwehte, ließ mich in einen wolligen Schlaf sinken.

Belgien, dachte ich noch, und da fielen mir auch schon die kleinen Knopflöcher zu.

Ich schlief fast den ganzen Tag, und als ich die Augen aufschlug, war es schon wieder dunkel. In dem Moment, in dem ich meine feinen Nähte strecken wollte, fiel mein Blick auf den freien Platz gleich neben mir.

Wo war Veronika? Dann erinnerte ich mich wieder. Sie war ja, wie sie es gesagt hatte, abgeholt worden und jetzt, vermutlich in Seidenpapier verpackt, auf dem Weg in Richtung Brüssel.

»Hallo, rotes Kleidchen. Du hast aber lange geschlafen. Na ja, war ja auch spät gestern«, sagte Bärbel und schüttelte sich an ihrem Haken etwas aus. »Bräuchte mal Urlaub«, sagte sie. »Einmal in so eine schicke chemische Reinigung, so mit allem Schnick und Schnapp. Mal richtig das Gewebe durchgeblasen zu bekommen und mal raus hier. Mensch, das wäre mal was.«

Dabei seufzte sie gedankenverloren, bis sie eine feine und piepsige Stimme zurück in die Realität holte.

»Mensch, Bärbel«, sagte ein kleines Top aus hellblauer Baumwolle, »immer die gleichen Träume, wir sind aus Baumwolle! Cotton, capito, da gibt es keine Reinigung. Das Einzige, was wir erwarten können, ist eine feine Schonwäsche und ein heißes Bügeleisen.«

»Ist ja gut, Chantal«, sagte Bärbel, »man wird doch noch träumen dürfen.«

Das kleine Top verzog etwas anzüglich die Träger und deutete auf mich. »Hier, der rote Seidenfetzen, der wird natürlich gereinigt werden, der ist ja etwas Besonderes. Dabei ist er heute nicht verschickt worden, obwohl er schon fertig ist, wenn der mal nicht hängen bleibt.«

»Lass doch das arme Ding in Ruhe«, meldete sich ein schwarzer Overall, »die hat dir doch gar nichts getan. Du musst nicht glauben, dass alle deine schlechte Laune ertragen müssen, nur weil du so verschnitten bist und nicht abgeholt wurdest.« Und dann fügte er an mich gewandt hinzu: »Ich darf mich vorstellen, mein Name ist Elke, Woll-Crêpe ist mein Gewebe, und glaube mir, Chantal ist nur neidisch auf dich. Alle wollen doch sein wie du, ein rotes Kleid.« Dann zog Elke ihren Gürtel etwas hoch und sagte: »Entschuldigung, meine Schlaufen sind auch nicht mehr die besten.«

»Hallo, Elke«, sagte ich, »schön, dich kennenzulernen.«

»Die Freude ist ganz auf meiner Seite«, sagte der Overall, »ich bin so gern mit meinesgleichen.«

Da ging ein Lachen durch die Kleiderstangen.

»Mit meinesgleichen«, spöttelte eine Hose aus weißem Leinen, »du bist doch nur eine Hose mit Oberteil! Also wirklich, Elke, jetzt mach dich mal nicht so wichtig.«

»Ich bin mir sicher, dass du zu viel in Bars rumgesessen hast«, fügte eine weiße Bluse hinzu, die piekfein mit ihrer Schluppe auf ihrem Bügel hing.

Bärbel, die Ankleidehilfe, mischte sich ein, und ein reger Wortwechsel suchte seinesgleichen. Alle redeten durcheinander, und das kleine Top wurde immer lauter.

Direkt neben mir hing immer noch das Kostüm Johanna. »Gott«, sagte der Blazer, »was sind wir froh, wenn wir wieder in Fulda sind. Das ist hier nicht mehr unsere Welt.«

Der Rock nickte mit einer vorsichtigen Geste zum Einverständnis des Gesagten, hatte aber etwas Mühe, da er sich noch an seine neue Verstärkung im Bund gewöhnen musste.

»Da hat die Veronika dir ja so manches erzählt in der letzten Nacht, darfst aber auch nicht alles glauben«, sagte der Blazer. »Dieses ganze Gerede von Größe 36 und so, weißt du, wir sind eine gute 44 oder fast schon 46.«

Da meldete sich der Rock: »Ich bin 46, du doch eher Größe 48, meine Liebe.«

»Ja, ja, ja«, sagte der Blazer, »mir wurde im letzten Jahr etwas aus der Naht genommen, wir wurden breiter – die Wechseljahre …« Dann schaute er auf seinen Rock herunter und sagte: »Bitte, lass uns nicht auch noch streiten, wir gehören doch zusammen und sind morgen wieder zu Hause.«

»Ja«, seufzte der Rock.

»Du wirst vielleicht schon morgen in einem Kleidersack wohnen, wer weiß denn schon, was das Leben uns bringt. Wir sollten für alles offen bleiben und unseren Menschen ein guter Partner und Freund sein«, warf ein Abendkleid aus feinem blassgrünem Jersey ein.

Dann wandte sie sich zu mir: »Hallo, Anascha, ich

sollte mich hier vielleicht erst mal richtig vorstellen, bevor ich mutmaße und Lebensweisheiten verbreite. Mein Name ist Susan, obwohl hier alle Susanne sagen. Ich wurde schon vor einigen Jahren in einem kleinen Atelier in den USA genäht, in Queens, das ist ein Stadtteil von New York. Jetzt musste mein Futter erneuert werden, und so bin ich hier gelandet – und natürlich hocherfreut, euch alle kennenlernen zu dürfen. Allerdings gehe ich morgen auch schon wieder zurück nach Wien, ich bin jetzt eine Österreicherin. Meine Fäden sind natürlich immer noch amerikanisch, aber ich bin jetzt dort zu Hause. Wir waren schon einmal auf dem Opernball, mein Mensch und ich.«

Sie strahlte vor Glück, und ich beneidete sie, denn sie hatte im Vergleich zu mir einen Ort, an dem sie zu Hause war.

»Als mein Mensch mich damals in Amerika georDert hatte, wurde ich bereits zwei Mal anprobiert, und ich bin ein Lieblingskleid«, sagte Susan stolz. »In den Augen meiner Trägerin bin ich perfekt, und als mein Futter riss, da hat sie gesagt, sie braucht das beste Futter, das es auf dem Markt gibt, und dass ja auf mich aufgepasst wird. Ich kann es gar nicht mehr erwarten, sie wiederzusehen.« Dann wurde ihre Stimme leise, und sie flüsterte in den Raum: »Mein Mensch ist ein Stoffling.«

Ein Raunen ging durch den Raum, und alle redeten wild durcheinander.

»Sieh mal einer an, ein Stoffling«, sagte die weiße

Bluse, und eine Hose mit Formbund seufzte: »Was gäbe ich für einen liebenswerten Stoffling. Wenigstens einmal essen, was schmeckt, Gott, warum ich immer die Schuld für die Gewichtszunahme der Menschen bekomme, ist mir ein Rätsel. Ein Stoffling würde so eine Unterstellung doch niemals zulassen.«

»Entschuldigung, was ist denn ein Stoffling?«, fragte ich vorsichtig.

»Ein Stoffling ist ein Mensch, der uns versteht, der weiß, dass wir eine Seele haben und der uns liebt und uns niemals weggeben würde«, erklärte das Kostüm.

Dann wurde es ganz still, und ich hörte, wie Bärbel an der Tür leise weinte.

»Diese ewige Zugluft an der Tür, kein Wunder, dass mir da die Knopflöcher tränen«, sagte sie, und jeder wusste, dass sie, wie alle in diesem Raum, Susan beneidete.

Ein Lieblingskleid zu sein bei einem Stoffling, das ist sicher der Himmel auf Erden, dachte ich. Vielleicht würde ich ja auch eines werden? Ich hatte so viele Fragen! Wer hatte mich geordert, wurde ich bald anprobiert, würde ich das Highlight auf einem Ball werden, oder sollte es mir wie dem kleinen Top ergehen, vergessen und in schlechter Passform auf einem Bügel wartend?

Chantal riss mich aus meinen Gedanken, weil sie gerade Elke, dem Overall, vorwarf, Alkoholikerin zu sein.

»Das ist doch wohl die Höhe«, konterte Elke, »von so einem kleinen Top lasse ich mich hier nicht belei-

digen!« Dann gab sie den anderen zu verstehen, dass dieses Gespräch jetzt für sie zu Ende war, indem sie vor sich hin brummelte: »Alkoholikerin, tse. Wir haben schon lange damit aufgehört! Frechheit.«

Auf der gegenüberliegenden Stange hingen zwei kleine Tüllkleidchen, sie sprachen wie ich Russisch und waren, wie sich später herausstellen sollte, meine Halbgeschwisterchen.

Sie hießen Dasha und Lara. Sie waren so hübsch und niedlich, dass alle von ihnen verzaubert waren.

»Wir sind Engelchenkleidchen«, sagte Dasha.

Und Lara fügte hinzu: »Wir werden in der nächsten Woche Blumen auf einer Hochzeit in Düsseldorf streuen.«

Wieso wussten hier eigentlich alle, was sie zu erwarten hatten, woher konnten diese beiden kleinen Kleidchen so genau wissen, dass sie nach Düsseldorf verschickt werden würden? Ich fühlte mich schrecklich ahnungslos, und ein Gefühl von Einsamkeit breitete sich in meinen Nähten aus. Ich vermisste Veronika. Wenn sie doch nur noch da wäre, sie hätte mir sicher erklären können, was die anderen wohl schon wussten.

Aber jetzt kümmerten sich alle nur noch um die beiden Kleidchen, weil sie so niedlich waren. Dasha war so aufgedreht, dass sie gar nicht mehr aufhören konnte zu plappern, und Lara drehte sich hin und her und erzählte die unglaublichsten Dinge. Heute weiß ich, dass sie log, dass sich die Nähte bogen, aber da so ein Engelchenkleidchen-Leben recht kurz ist, ließen die Kleidungsstücke Milde walten.

Als ich meinen Blick etwas schweifen ließ, entdeckte ich auf dem Zuschneidetisch einen neu eingetroffenen Hosenrock, der sich, als ich ihn bemerkte, auch gleich ganz freundlich zu mir hochstreckte.

»Guten Abend. Ich bin eine Culotte.«

Eine was?, dachte ich, tat aber so, als ob ich schon viele Culottes getroffen hätte.

»Mein Name ist Colette, ich habe eine eigene Modellnummer«, sagte sie stolz. »Ich bin ein Prototyp.«

Ich verstand kein Wort mehr, was war denn bitte schön ein Prototyp? Zumindest hatte sie anscheinend keinen eigenen Bügel, und wenn das ein Prototyp-Leben sein sollte, dann war ich froh, keiner zu sein.

»Ich bin die Nummer eins«, sagte Colette, als hätte sie meine Gedanken erraten. »Stell dir vor, ich bin das Musterstück, nach mir werden alle zukünftigen Modelle meines Designs genäht. Ist doch der Wahnsinn, Kinder, so wird es kommen, die ganze Produktion wird mir zu Füßen liegen.«

Dann schüttelte sie sich vor Lachen, sodass einige Nadeln, die ihren Saum befestigten, durch die Bewegung herausfielen.

»Ach, du meine Güte«, sagte Colette erschrocken, »jetzt habe ich den Schlamassel, was mache ich denn nur? Hätte ich mich doch mehr im Griff gehabt. Das wird doch wohl zu richten sein?« Dann war sie nur noch mit sich selbst beschäftigt und würdigte mich keines Blickes mehr.

Prototypen sind nicht gemacht für die Freundschaft, dachte ich.

»Anascha«, hörte ich eine Stimme in mir sagen, »verzage nicht, alles wird gut werden.« Es war Galina, meine Schneiderin, die in meinen Gedanken zu mir sprach. Seit dieser Nacht wusste ich, dass Galina ein Stoffling sein musste …

Langsam wurde ich wieder müde und hoffte auf ein glückliches Morgen.

Ich träumte von Prototypen und Altkleider-Sammlungen und hörte immer wieder Chantal, das freche Top, laut lachen und rufen: »Du bleibst hängen, keiner holt dich ab, du kleiner feiner roter Seidenfetzen …«

KAPITEL 3

Ich erwachte von einem dumpfen Knall. Bevor ich mich orientieren konnte, steckte ich schon in einem Kleidersack, und eine Mädchenstimme sagte so etwas wie: »Versandfertig, und auf geht's!«

Dann landete ich in einer Kiste. Völlig allein war ich in dieser Kiste nicht, aber es war keine textile Begleitung, es musste etwas ohne Seele sein, da niemand auf mein »Ist da noch jemand?« reagierte. Wo war ich nur gelandet?

Tagelang ging es in meinem dunklen Gefängnis hin und her. Die Zeit verstrich, und ich wusste nicht mehr, ob es Tag oder Nacht war.

Verängstigt versuchte ich, Geräusche in meiner Umgebung wahrzunehmen. Hin und wieder hörte ich Menschen sprechen, ihre Worte klangen dumpf, und immerzu hörte ich Motoren, die mich an das Geräusch unserer Nähmaschine erinnerten. Die Maschinen schienen durch die Welt zu fahren, und wie es aussah, hatten sie genug Garn eingefädelt, da sie sehr lange, ohne zu stoppen, weiterrattern konnten.

Hoffnung breitete sich in meinem feinen Gewebe aus, als ich auf die Idee kam, dass ich ja womöglich unterwegs war nach Belgien, von dem Veronika immer so geschwärmt hatte. Dann müsste ich mir ja gar keine Sorgen machen. Dieses Land war sicher weit entfernt. Um das Glück zu finden, braucht es eben Zeit!

Wie lange ich unterwegs gewesen war, weiß ich nicht, aber als ich meine Augen öffnete, konnte ich durch die kleinen Zähne des Reißverschlusses meines Kleidersacks erkennen, dass meine Kiste geöffnet worden war.

Mit einem Ruck hing ich an einer Kleiderstange. Ich kannte dieses Geräusch mittlerweile gut, da es doch ein Teil meines Lebens war. Es ist in meiner DNA, die Sehnsucht nach einem Bügel und das Hängen an einer Stange sind in mir angelegt.

Kaum hing ich gerade, hörte ich eiliges Trippeln, und

eine Tür fiel ins Schloss. Wo war ich nur, und wieso befreite mich niemand aus dem Kleidersack?

Ich versuchte mich auf die Geräusche in meiner Umgebung zu konzentrieren. Man hörte das Geplapper unzähliger Stimmen. Diese Sprache hatte ich noch nie gehört. Sie kicherten und machten seltsame Geräusche. Es roch streng nach Chemie, und ich konnte nicht ausmachen, woher dieser Geruch kam.

War ich in Belgien? Oder vielleicht in Wien?

Unbehagen breitete sich immer weiter in mir aus. Ich nahm meinen ganzen Mut zusammen und fragte leise: »Hallo?«

Keine Antwort.

Ich versuchte es noch einmal etwas lauter: »Hallo, ist da wer?«

Für einen Moment hatte ich das Gefühl, dass die unzähligen Stimmen etwas leiser wurden.

Ich sagte: »Jest kto-nibud?«, das ist Russisch und heißt »ist da wer?« Dann wartete ich einen Moment und probierte es noch einmal. Ich musste all meinen Mut zusammennehmen.

»Jest kto-nibud?«, rief ich etwas lauter, und da hörte ich ein leises: »Du bist nicht allein.«

Mein Glück war nicht zu fassen, ich war nicht allein!

»Wo bin ich? Wer bist du?«, fragte ich in die Dunkelheit.

Wieder hörte ich für eine gefühlte Ewigkeit nichts, dann aber sagte eine Stimme laut und deutlich: »Wir sind unendlich viele, mein Name ist Langoni.«

»Langoni«, wiederholte ich, »warum bist du so weit weg?«

»Wir sind hier in Kartons gestapelt und in Folien verpackt«, sagte diese nette Stimme.

»Woher kommt ihr?«, fragte ich in der Hoffnung, etwas Vertrautes zu erfahren.

»Wir sind aus Bangladesch«, sagte Langoni.

»Um Gottes willen«, rief ich, »wo ist denn Bangladesch? Und warum steckst du in einem Karton, und wer hat dich in Folie gepackt?«

»Du bist ja ein seltsames T-Shirt«, sagte Langoni. »Willst du mir etwa sagen, dass du nicht in einer Box auf einer sehr langen Reise warst?«

»Nein, nein«, antwortete ich, »ich bin kein T-Shirt. Ich bin ein rotes Seidenkleidchen!« Und etwas weniger forsch fügte ich noch hinzu: »Ich bin irgendwie auch Couture.«

Da fing auf einmal ein ganzer Karton an zu lachen. »Was bist du, ein Kleid? Was soll denn das sein?«, fragten auf einmal viele andere Stimmen und amüsierten sich prächtig.

Der Geruch nach Chemikalien wurde immer intensiver, da durch die Lacherei der in den Kartons Eingeschlossenen wohl etwas nach außen drang.

»Es gibt nur T-Shirts auf dieser Welt«, sagte Langoni, »wir heißen alle Langoni und sind nur in unterschiedlichen Farben hergestellt, ich bin blau.«

Für einen Moment wurde es mir wieder unheimlich. Ich wurde ganz still und musste erst mal nachdenken. Was ging hier vor sich, wo war ich, und wer waren diese Langonis? Waren sie von der freundlichen Art Kleidung? Dass nicht alle Textilien freundlich sind, hatte ich ja schon erfahren müssen.

Aber dann waren die Langonis auch schon wieder mit sich beschäftigt, und so dämmerte ich langsam, meinem Schicksal ergeben, vor mich hin.

Ich weiß nicht, wie viel Zeit verstrichen war, als ich aufwachte, aber ich fühlte etwas Luft und konnte es kaum glauben: Mein dunkles Gefängnis war ein Stück geöffnet worden.

Eine junge Frau sagte: »Morgen wird erst einmal alles gesichtet und zusortiert.«

Was sollte das denn nun wieder bedeuten, sichten und zusortieren? Die Langonis drehten jetzt völlig durch, und es raschelte gewaltig in ihrer Kiste. Sie konnten es wohl kaum erwarten, endlich gesichtet und sortiert zu werden. Jetzt, wo mein Kleidersack einen Spalt weit geöffnet war, stieg mir erneut ein beißender Geruch aus den Kartons in die Nase.

Ich traute meinen Augen nicht, da standen wirklich unzählige Kisten mit Textilien. Und da waren auch noch andere Kleidungsstücke. Viele sagten gar nichts und lagen einfach nur herum. Wo um Himmels willen war ich nur gelandet? Ich kroch tief in meinen Kleidersack, ich wollte zurück nach Hause!

Plötzlich hörte ich ein dunkles Husten, und eine kräftige Männerstimme sagte: »Kinder, wann geht es

denn hier mal weiter? Hier geht es ja zu wie auf einem Jahrmarkt, jetzt ist aber mal Ruhe im Gewebe.«

»Entschuldigung, aber könnte mir vielleicht jemand von Ihnen verraten, wo ich mich befinde?«, fragte ich schüchtern in den Raum, der sich immer größer anfühlte.

Aber die Langonis kicherten nur, und eines von ihnen rief: »Du hast aber auch von nichts eine Ahnung.« Und dann gab es kein Halten mehr, die Langonis freuten sich so sehr, dass ihre Verpackungen nur so knisterten. Der süßliche Geruch, der dabei aus den Folien aufstieg, vernebelte mir die Sinne.

»Guten Abend, Sie sind aber ein hübsches Kleid«, drang eine Weile später eine dunkle und warme Stimme in meine Träume. »Darf ich mich vorstellen, mein Name ist Eric, meines Zeichens ein Armeemantel« – dabei hob er seine Stimme etwas an –, »ich bin ein feines Tuch der alten Schule.«

Ich öffnete meine Augen, noch müde und verschlafen. Dann konnte ich ihn erkennen, er hing direkt neben mir. Er war groß und grau und etwas grün und hatte Schultern, die so breit waren, dass ich mich wunderbar dahinter hätte verstecken können. Und das hätte ich jetzt auch gern getan, da ich nun ohne Schutzhülle in einer langen Reihe von Kleidungsstücken hing.

»Guten Tag«, sagte ich freundlich, »mein Name ist Anascha, und ich bin ein rotes Seidenkleidchen.«

Da musste der alte Mantel laut lachen: »Du bist ja

ein Herzchen«, sagte er, »das sehe ich doch. Nice to meet you, Misses.«

»Wie bitte?«, fragte ich und versuchte es mit Russisch: »... schto, prostitje.«

Da musste er noch lauter lachen, und wie er sich so schüttelte, flogen kleine Fäden und etwas Staub aus seinen Nähten.

»Eine hübsche Russin bist du also«, sagte er und musterte mich von oben bis unten. »Bist aber ein ziemlich teures Stückchen Seide, mein Kind. Wer hat dich denn entworfen und wo?«

»Ich wurde von Galina gemacht«, sagte ich stolz.

»Weiß der liebe Gott, wer Galina ist und von wem du genäht wurdest. Aber hübsch bist du«, brummte er in seine mächtigen aufgesetzten Taschen. »Was meinst du, wo ich wohl herkomme?«, sagte er dann mit einem Schmunzeln und rieb sich dabei vor Vergnügen die Stoffklappen.

»Ich weiß nicht«, entgegnete ich freundlich, woher sollte ich das wissen?

»Na komm«, sagte er, »rate doch mal. Was habe ich denn da wohl für eine Sprache gesprochen, streng dich einmal an. Ratespiele sind mein größtes Vergnügen.«

»Dann sage ich, dass Sie aus Polen kommen.«

Da musste Eric noch lauter lachen, und unsere gemeinsame Kleiderstange bog sich vor Vergnügen.

Einige andere, die unsere Unterhaltung verfolgt hatten, fielen ein und riefen: »Nein, nein, er ist doch aus England, kleines rotes Kleidchen!«

Wer zusammen lacht, ist weniger allein, dachte ich und musste auch lächeln.

»Ich bin ein feiner Armeemantel aus London«, sagte Eric, und seine Knöpfe hüpften vor Vergnügen. »Meine Schneiderin war eine feine Frau, eine Kostümbildnerin aus Richmond, ein guter Bezirk in einem Vorort Londons, in der Nähe der Kew Gardens. 22 Beechwood Avenue, ja, das war mein Zuhause.« Für einen Moment wirkte er gedankenverloren. »›Da beißt die Schneiderin keinen Faden ab!‹, hat sie immer gesagt.« Dann senkte er leicht seinen Kragen und sagte leise zu mir: »Zuhause ist da, wo dein Herz schlägt.«

Ich fragte: »Ach, aber haben wir Kleidungsstücke überhaupt ein Herz?«

»Aber natürlich, mein Kind, wir haben ein Herz aus vielen Fäden. Nur ein Herz baut doch die Verbindung auf zu unseren Menschen. Wir sind doch für sie gemacht, wir machen sie doch glücklich.«

Nach einer kleinen Pause fügte er hinzu: »Und so etwas Hübsches wie du kann sogar ein Lieblingskleid werden. Weißt du eigentlich, was das für ein Vergnügen sein kann? Und da fragst du, ob wir ein Herz haben, Mensch, Mensch. Du musst aber noch eine Menge lernen, meine kleine Anascha.«

»Bravo, Bravo«, rief eine Stimme von irgendeinem Bügel, »Eric, ich hätte es nicht besser formulieren können, du bist so unendlich klug, ja, klug bist du. Immer die richtigen Worte, ja, die richtigen Worte.«

»Aber bitte«, sagte Eric sichtlich geschmeichelt, und

ich sah, wie einer seiner nicht mehr ganz so glänzenden Knöpfe etwas feucht wurde, so gerührt war er. »Anastasia, ich muss dich erst einmal anständig und gebührend vorstellen. Eine weitere Schönheit aus dem fernen Russland, mein Kind«, sagte er zu mir.

»Ja, Schönheiten, das sind wir«, rief Anastasia, »da hast du allerdings schon wieder recht, recht hast du. Nicht ohne Grund hat Marlene Dietrich sich immer wieder für mich entschieden, damals in Hollywood, eine gute Zeit war das, eine gute Zeit.« Dann lachte sie etwas gekünstelt und sagte: »Aber ist ja auch egal, egal ist es, was gestern war, ich will mich gar nicht in den Vordergrund spielen, ist nicht meine Art, meine Art ist es gar nicht, nein, gar nicht.«

»Sie ist ein alter Showmantel, schon etwas von den Motten angenagt und in die Jahre gekommen. Sie wiederholt gern alles, etwas mehr, als es vielleicht nötig wäre«, sagte Eric leise zu mir, »aber dadurch wissen wir auch, welche Worte ihr etwas bedeuten. Weißt du«, fügte er hinzu, »wir haben alle das gleiche Recht, gemocht zu werden, denn wir sind alle einmal neu und schön gewesen, aber im Alter brauchen wir ganz besonderes Verständnis von euch, den schönen jungen Geweben. Weißt du, Alter schützt vor Pilling nicht.«

»Ja«, sagte ich und dachte, jetzt wird es mir aber etwas unheimlich. Was ist denn Pilling? »Gar nicht so leicht, ein Kleid zu sein, ich meine ein Textil, das weiß ich von Veronika aus Brüssel.«

»Sprich doch etwas lauter, Kleine, lauter sollst du

sprechen, ich bin Anastasia und eine Russin, eine Russin aus Sankt Petersburg, aus Russland, damit du es weißt, nicht vergessen, Ty Ponjal.«

»Ponjal«, sagte ich freundlich, was so viel heißt wie: »Habe verstanden«, und fuhr fort: »Ich heiße Anascha, und ich bin auch eine Russin.«

»Was bist du?«, fragte Anastasia »Aber Russland ist doch so groß, sehr groß ist Russland, Gott, wie groß, es ist sicher Sibirien, Sibirien muss es sein.«

»Ich glaube nicht, dass sie aus Sibirien kommt«, sagte eine freundliche Stimme.

Ich streckte mich etwas zur Seite, und so konnte ich erkennen, wer da sprach. Es war eine dunkle lange Jacke aus tiefrotem Samt. An den Ärmeln waren zwei Kordeln aus schwarzem Leder befestigt, und sie verfügte über einen kleinen schwarzen und sehr eleganten Stehkragen.

»Mein Name ist Ulrich, gestatten, mein Fräulein, ich kenne Ihre Heimat, ich bin ein Gehrock aus Samt, und wissen Sie was, ich hatte mich einmal, na, wie soll ich es ausdrücken, ja verliebt, in Ihrer Heimat hatte ich mich sehr verliebt. Wir spielten zusammen in einem Schauspiel von Ibsen, sie war die schönste Schauspielerin, die ich je getroffen habe. Ihr damaliges Kostüm wusste es gar nicht zu schätzen, ich aber habe sie geliebt.«

Ein Raunen ging durch den Saal, und ich hörte einige erwartungsvoll kichern.

»Amüsieren Sie sich nur«, sagte der Gehrock, »es

war Liebe, und wäre nicht ihr Saisonvertrag ausgelaufen, dann wären wir vermutlich heute ein Paar. Sie ist jetzt wohl in Berlin, aber wir haben keinen Kontakt mehr.«

»Hört, hört«, sagte Eric, »der Gehrock ist und bleibt ein flotter Kerl in Samt. Zwei, die niemand will, geben auch kein Pärchen. Ein Sprichwort, na ja. Sprichwörter sind meine eigentliche Leidenschaft.«

Dann mussten wieder alle lachen, und die Stimmung wurde immer besser.

»Ich war auch so verliebt in meinen Menschen«, sagte eine freundliche und sehr hohe Stimme, »leider habe ich ihn verloren. Er gab mich eines Tages einfach seiner Zugehfrau, und die hatte nichts Besseres zu tun, als mich gleich im nächsten Secondhandladen zu verscherbeln. Aber da hat mich dann die Dame aus dem Kostümfundus entdeckt und mich gleich mitgenommen. Seither bin ich Teil der Familie des Kostümfundus, und dafür liebe ich sie noch immer. Hoffentlich bleibt sie uns noch lange erhalten.«

»Wir brauchen die Menschen doch«, sagte Eric, »ohne sie sind wir nichts, wir brauchen ihre Zuneigung, damit sie uns auch spüren können. Sie haben uns doch auch gern.«

»Sie spüren manchmal gar nichts«, sagte eine andere Stimme.

»Wenn ich euch erzählen könnte, wie oft mich mein letzter Mensch einfach auf den Boden geworfen und dann tagelang einfach hat liegen lassen. Nein, nein, da war ich froh, als ich in einem Restaurant liegen geblieben bin«, sagte ein großer, schön bedruckter Schal.

»Na ja«, erwiderte der Gehrock, »ihr Schals kommt ja gern mal rum, in eurem Leben ist was los, ihr werdet eben oft verloren und vergessen.«

»Da hast du allerdings recht«, sagte der Schal, »aber dann habe ich es gut getroffen, ich wurde gleich am nächsten Tag von einer Schauspielerin mitgenommen, die in jenem Lokal immer samstags zu Mittag aß. Den Namen möchte ich hier nicht verraten, sie spielte am Schillertheater in Berlin. Sie hatte großes Talent und war, ich muss es sagen, wie es ist, eine diebische Elster. Sie liebte die Dinge, die sie gestohlen hatte, eben am meisten.«

»Aber bitte, Ramona«, sagte ein hübscher Rock mit Paspeln am Bund, »was du immer so alles erlebst. Gestohlenes bringt Unglück, das weiß doch jedes Unterhemd. Übrigens: Ich war jahrelang am Schillertheater, ich habe dich dort nie gesehen.«

»Der Rock weiß wie immer alles und kennt jeden«, sagte Ramona, »da soll noch mal einer durchsteigen!«

»Streiten denn Kleidungsstücke immerzu?«, fragte ich Eric.

»Nein, nein«, sagte er, »hier hängen halt viele vom Theater rum, da müssen sie doch auch Theater machen. Wir vom Film sind da viel bodenständiger. Wie sage ich gern: viel Geschrei um wenig Wolle.«

»Danke«, sagte ich. »Eric, dürfte ich noch eine Frage stellen?«

»Nur zu, mein Fräulein, was möchtest du denn wissen?« Eric zog einen Goldknopf hoch, um mir seine uneingeschränkte Aufmerksamkeit zu zeigen.

Ich nahm meinen ganzen Mut zusammen und fragte: »Sind wir hier in Belgien?«

»Ach Kind«, der alte Mantel grinste quer über seinen großen Kragen, »wie kommst du denn auf die Idee? Belgien ist doch weit weg, es liegt, glaube ich, an der Küste. Wir sind in Deutschland, meine Liebe. Auf einem Filmset in der Wallachei«, sagte Eric.

»Jetzt mach du dich mal nicht über die Kleine lustig, du oller Besserwisser«, sagte eine Stimme, die von einem anderen Ständer zu kommen schien. »Er weiß immer alles und ist auch schon weit rumgekommen, nicht wahr, Eric, du hast schon so viel erlebt, du bist doch fast ein Star.«

»Na ja, ein Star …«, sprach der alte Mantel und versuchte, sich dabei in Positur zu setzen. »Ich bin kein Unbekannter, möchte es mal so ausdrücken.« Dabei strahlte er so, dass sein Futter anfing, leicht zu rascheln. »Hannelore, du machst mich ja ganz verlegen« – seine Stimme wurde ganz weich –, »mit dir war es immer ein Vergnügen, du bist ein toller Feger, ein flottes Garn und eine Freundin, die ihre Maschen am rechten Fleck hat.«

»Jetzt mach aber mal einen Punkt, Eric«, scherzte Hannelore, »und stelle mich doch lieber einmal richtig vor, das junge hübsche Kleid soll ruhig erfahren, wer ich bin.«

»Aber gerne. Darf ich vorstellen, liebes hübsches

Anaschachen«, sagte Eric, »das ist Hannelore, sie ist eine Legende und noch immer eine Augenweide und die schönste Hose zwischen Berlin und Moskau. Und wie heißt es so treffend: Alles hat ein Ende, nur die Hose hat zwei.«

Ach du meine Güte, dachte ich, eine Hose. Ich hatte noch Veronikas »Hüte dich vor Hosen« in den Ohren, sagte aber: »Sehr angenehm, wie schön, Sie kennenlernen zu dürfen.«

Der alte Eric kam jetzt richtig in Fahrt, dabei klimperten seine Orden und Goldknöpfe. »Hannelore«, sagte er, »wie lange kennen wir uns schon?« Dabei kniff er mir ein Knopfloch zu. »Sie wird jetzt gleich etwas flunkern«, sagte er leise zu mir, »sie wird sich jünger machen, warte es ab.«

»Na, das mögen gut und gerne zehn Jahre sein«, sagte Hannelore, »ich weiß es aber auch nicht mehr genau, es war in Babelsberg, du hattest da einen ganz großen Auftritt, und ich war noch so unschuldig. Ist ja auch egal, ich war jung, und mein Stoff war tadellos, ich war damals noch bügelfrei ausgerüstet, ist ja auch bald alles rausgewaschen … Ach Eric«, seufzte sie, »warum kannst du kein Pullover sein?«

Da war es raus, sie sehnte sich nach einem Pullover. Veronika hatte ja schon erzählt, dass Hosen sich immerzu an Pullover ranmachen.

»Eric«, sagte eine Stimme von einem Ständer hinter mir, »ich musste ja unweigerlich zuhören – wie du weißt, ist es ja nicht so meine Art, Kleidung zu belauschen, aber Hannelore kennst du doch seit mindestens fünfundzwanzig Jahren. Wenn ich das schon höre, zehn Jahre, tsss.«

»Also wirklich«, sagte Hannelore, »du bist so ein fieser Rock. Es ist doch wirklich kein Wunder, dass du deinen Blazer verloren hast, Beate.«

Beate schluchzte in ihr Gewebe und konnte nur noch etwas wie »gemein bist du, so gemein« sagen.

»Mädels«, sagte der alte Mantel, »ihr müsst doch nicht immerzu streiten, ich habe euch doch beide gern, lasst es gut sein, was soll denn Anascha von uns denken. Ihr wisst doch, alle Wege führen in die Wäsche.«

»Wie gewöhnlich ihr doch seid«, hauchte eine Stimme von einem Ständer gegenüber. »Ich bin eine Hauptrolle, ich muss mich konzentrieren und warte auf mein Bügeleisen, und ihr habt nichts Besseres zu tun, als euch um den alten Kauz da zu streiten. Wir sind doch alle hier zum Arbeiten. Also, reißt euch mal am Gewebe, wir sollten jetzt ausruhen, morgen ist ein wichtiger Tag«, sagte dieses erlesene dunkelblaue Kleid.

»Recht haben Sie«, sagte Eric, »wir sollten jetzt wirklich ausruhen. Das mit dem alten Kauz will ich mal überhört haben. Bis später, Anascha, du hast es gehört, wir Kostüme müssen jetzt schlafen, gute Nacht.«

»Gute Nacht, Eric«, sagte ich.

Es zitterte in meinem Futter, und mir wurde etwas flau. Was sollte das heißen, *wir Kostüme*? Ein Kostüm ist doch ein Paar aus Blazer und Rock, so wie Johanna. Es sind merkwürdige Kleidungsstücke, die hier so rumhängen, dachte ich. Wieso glauben alle, dass sie ein Kostüm sind?

Einige der Menschen, die ich gestern schon gesehen hatte, zählten uns noch einmal durch, und ich bekam einen Zettel an den Bügel gehängt. Dann wurde das Licht ausgemacht, und es war wieder stockfinster. Wie gut, dass der alte Eric neben mir hing, und ich lehnte mich vorsichtig an seine Schulter.

»Schlafe jetzt, kleine Anascha«, flüsterte mir der alte Mantel zu, »wir müssen morgen früh raus. Wie heißt es doch so treffend: Nur der frühe Faden fängt das Öhr.«

Ich war tatsächlich sehr müde, all die neuen Eindrücke, da fielen mir schnell die Augen zu. Das Letzte, was ich noch hörte, waren die Langonis, die in ihren Folien nicht aufhören konnten zu plappern.

KAPITEL 4

»Aufwachen, Kleines«, hörte ich den Armeemantel aus Richmond zu mir sagen, und er rieb vorsichtig seine raue Manschette an meiner feinen roten Seide.

»Oh, da bin ich aber froh, dass du noch da bist, lieber Eric«, sagte ich.

»Was denkst du denn, wir sind doch jetzt Freunde, und die halten zusammen«, brummte Eric, »du kleines rotes Seidenkleidchen.«

»Wir sind Kollegen, das sind wir«, sagte Hannelore,

die gerade auf einer Kleiderstange an mir vorbeigeschoben wurde.

Die ehemals ruhige Lagerstätte mit ihren Kleiderständern und Kisten entpuppte sich als ein Ort, der über unzählige Räume und Bereiche zu verfügen schien. Menschen, die ich noch nie zuvor gesehen hatte, huschten an mir vorbei, und als ich mich gerade etwas in meinem Gewebe ausstrecken wollte, da trat ein grober Kerl wüst gegen unsere Kleiderstange. Mit einem kräftigen Ruck wurden wir durcheinandergewirbelt, und ich konnte mich gerade noch so auf meinem Bügel halten.

Der kräftige Junge balancierte ein Tablett mit Kaffeebechern in seiner rechten Hand, und eine wüste Tirade an Flüchen begleitete den Versuch, die fallenden Becher noch in die Waagerechte zu bekommen.

»Oh Shit«, rief er, und da war es auch schon geschehen. Er stolperte über eine weitere Kiste, die am Boden stand, und der heiße Kaffee flog im hohen Bogen an unserem Ständer vorbei und ergoss sich über einige offene Kisten und Pakete, die neben uns abgestellt worden waren.

»Ich fasse es nicht!«, rief eine strenge Frauenstimme, die mich von ihrer kräftigen Tonlage her ein wenig an die Radiosprecherin erinnerte, der meine liebe Schneiderin Galina den ganzen Tag von ihrem Nähplatz aus aufmerksam zugehört hatte. »Jetzt kommt Diana Ross, das heiße Geschoss«, hatte sie einmal in einer Moderation gesagt, und Galina konnte vor Lachen den Saum nicht mehr anheften. Der Song ließ ihre schweren Hände wippen, und seit diesem Tag wusste ich, dass Musik zur richtigen Zeit ein großes Vergnügen sein konnte. »Kein Problem, Chefin«, rief eine Stimme, die zu einer jungen Frau gehörte, die wie aus dem Nichts über eine der Kisten sprang und eine andere zur Seite schob. Der Kaffee floss über ihre Hände, und sie hatte große Mühe, das Durcheinander in den Griff zu bekommen.

»Lucie, Sie sind ein Schatz«, rief die strenge Stimme, »und bitte seien Sie vorsichtig mit dem Ständer.« Und dann eher besorgt als verärgert: »Welcher Trottel hat denn nur die ganzen Schutzfolien abgezogen, das sind die Kostüme für die Hauptrollen.«

Der junge Mann stand mit seinen gefühlten 190 Zentimetern bewegungslos in der Mitte der Unglücksstätte und hielt noch einen Kaffeebecher in der Hand, den er offensichtlich hatte retten können.

»Kaffee, gnädige Frau?«, fragte er etwas unbeholfen.

»Sie sollten lieber mal etwas mithelfen, Sie unsäglicher King Kong«, rief die strenge Stimme.

Die Kleider riefen aufgeregt durcheinander.

»Was für ein Schlamassel«, seufzte eine weiße Bluse, die wohl von einem Kaffeebecher getroffen worden war. Von allen Ecken stöhnten Kleidungsstücke auf und versuchten herauszufinden, was eigentlich passiert war.

»Das ist eine Katastrophe«, jammerte ein weißer Blazer in Waffeloptik, den ich zuvor noch nicht gesehen hatte. »Kaffee geht doch nicht raus, ich könnte heulen, wie hab ich mich auf diesen Film gefreut, dieser blöde Junge hat mir alles versaut.«

Dann schluchzte er so übertrieben, dass völlig unterging, wie ein BH auf dem Boden liegend rief: »Hilfe, ich ertrinke in der schwarzen Brühe!« Der Büstenhalter war von einem Klemmbügel gefallen und hatte wohl keinen Halt mehr gefunden. Nun bekam er Gewebe-rasen, er hatte einfach zu viel Koffein aufgesogen.

»Jetzt wird hier erst einmal alles schnell sauber gemacht, und die Kisten, die Kaffee abbekommen haben, müssen kontrolliert werden. Die verschmutzten Kostüme müssen gereinigt oder wenn möglich gewaschen beziehungsweise mit einem Fleckentuch bearbeitet werden«, rief die Dame mit der strengen Stimme.

»Ich bin Henriette Schneider«, stellte sie sich laut vor, »ich bin die verantwortliche Kostümbildnerin, und diese nette junge Dame hier ist meine Assistentin Lucie. Wir bitten jetzt mal alle, die hier nichts zu suchen haben, den Kostümraum zu verlassen.«

»Sie nennen sie auch das blaue Brillchen«, kommentierte Hannelore, die Hose, die offenbar gerne den Menschen zuhörte. »Iris Apfel ist ihr Vorbild, modisch, verrückt und Brille.«

»Von der habe ich noch nie gehört«, sagte Eric etwas verwundert, da er es nicht mochte, nicht immer alles zu wissen.

»Sie sollten ruhig einmal die *Vogue* lesen, mein Lieber«, sagte Ramona, der Schal. »Immer nur Drehbücher, kein Wunder, dass Sie keine Ahnung von der Mode haben.«

Eric biss sich auf die Epaulette und tat unbeeindruckt.

Die vielen verschiedenen Menschen, die der Tumult angezogen hatte, leisteten Henriettes Aufforderung Folge und verschwanden in alle Richtungen.

»So, Sie Unglücksbube, jetzt zu Ihnen. Wer sind Sie, und warum rennen Sie hier mit einem Tablett Kaffee durch mein Department?«, fragte Henriette Schneider streng.

»Ich heiße Peter und bin der Set-Runner«, sagte er, immer noch bewegungslos in der Szenerie stehend.

»Peter, ich will Sie nicht noch einmal hier sehen, haben Sie mich verstanden?«, sagte sie. »Wir drehen hier einen Film, und wenn Sie nicht wissen, was ein Set ist, dann sollten Sie hier nicht sein. Die Kostümabteilung ist künftig eine verbotene Zone für Sie, klar? Abmarsch jetzt, da Sie ja offensichtlich nur Unheil anrichten, braucht Sie hier auch niemand mehr.«

»Okay. T…tut mir leid. Kaffee?«, fragte er noch einmal etwas unbeholfen und streckte Henriette Schneider den letzten Becher hin.

»Na, geben Sie schon her, King Kong, und ab jetzt sollten Sie lieber Kamerakabel durch die Gegend schleppen und den Kaffee-Runner-Job anderen überlassen.«

Als Peter verunsichert und immer noch sichtlich betroffen den Raum verließ, musste Henriette Schneider etwas schmunzeln. »So«, sagte sie, »jetzt wissen vermutlich alle hier am Set, dass die Kostümbildnerin ein Drachen ist, gut so, dann haben wir bis zum Ende der Dreharbeiten Ruhe hier.«

»Und vermutlich auch keinen Kaffee mehr«, kommentierte Lucie mit einem Lächeln.

»Lucie, wir sollten die Garderobentür mit einem ›Bitte nicht betreten‹-Schild versehen. Bis hier alles organisiert ist, brauchen wir noch mindestens ein bis zwei Tage, und machen Sie sich keine Sorgen, wir haben eine zusätzliche Assistentenstelle bewilligt bekommen, wo ist er denn nur?« Henriette Schneider schaute fragend in den Raum und widmete sich dann erst mal dem weißen Blazer, der offensichtlich den größten Schaden davongetragen hatte.

Der Blazer genoss die Zuneigung und stöhnte leise: »Hilfe, Hilfe, ich bin verletzt, ich hoffe, ich werde jemals wieder strahlend weiß! Nicht auszudenken, wenn ein Flecken bleibt …«

Henriette prüfte den Fleck und wusch ihn direkt mit kaltem Wasser aus. »Der geht sofort in die Waschmaschine, der ist aus Baumwolle, das sollte klappen. Bitte bestellen Sie gleich einen weiteren bei der Firma *Chic*, es ist mir lieber, ich habe ihn noch einmal in Reserve«, sagte Henriette Schneider, während sie Lucie mit einem strengen Blick musterte. »Wenn Sie sich von dem hübschen roten Seidenkleid trennen können.«

»Geht klar, Henriette«, sagte Lucie, die mich unentwegt anstarrte, »es ist ein tolles Kleid.«

»Sie haben einen guten Blick, es freut mich, dass Sie gleich sehen, was etwas Besonderes ist«, sagte Henriette Schneider und streichelte mir vorsichtig mit dem Handrücken über die Seide, was sich herrlich anfühlte.

Lucie inspizierte jedes einzelne Kleidungsstück. Die Teile, die auch nur einen leichten Kaffeefleck aufwiesen, wurden direkt aussortiert. Einige hatten kleinere Spritzer abgekriegt, und eine schmale weiße Hose musste zusammen mit der beschmutzten Bluse und dem BH in die Wäsche. Der Büstenhalter war ein spitzenbesetzter Push-up-BH und machte seinem Namen alle Ehre. Er bauschte die Geschichte so auf, dass ein Bademantel, der ihm gegenüberhing und von dem ganzen Theater anscheinend fast nichts mitbekommen hatte, noch minutenlang immerzu »der arme Büstenhalter« sagte.

»Ertrunken bin ich fast in der schwarzen Brühe«, sagte der BH ohne Unterlass, und der Bademantel hätte wohl gern seinen Frotteeärmel um ihn gelegt und die Tränen in seinem Gewebe aufgenommen.

»So sind sie halt, die Bademäntel«, kommentierte eine Hose. »Die Unterwäsche hat es auch nicht leicht, so ein BH braucht doch Schutz, der hat einen anstrengenden Job. Da kann auch ein oller Frotteetrottel ein Lied von singen, immer die nasse Haut, nee, nee, meine Lieben, da bin ich doch dankbar, eine Hose zu sein.«

In den Kisten am Boden wurde es immer lauter, und die Langonis kicherten um die Wette. Der Kaffee hatte einige von ihnen durchtränkt, und das Koffein hatte sie hellwach gemacht.

Als Lucie mich nach Flecken untersuchte, fühlte ich zum ersten Mal ihre etwas rauen Hände. Sie drehte mich professionell von rechts nach links, musterte meinen Saum und strich mir mit anerkennendem Blick für die Verarbeitung über den Ausschnitt. »Wirklich cooles Teil«, sagte sie und fingerte an meinem Rücken, um mein Etikett zu lesen.

Als Henriette Schneider sich wegdrehte, um einige Listen zu sortieren, drückte Lucie ihr Gesicht in mein Gewebe und atmete tief durch mich hindurch. Unbehagen breitete sich in mir aus, und ich fühlte, wie sich die Stelle unter Knittern zusammenzog. So hatte mich noch kein Mensch zuvor berührt.

»Es ist ein seltsames Gefühl, wenn die Menschen sich zu sehr für uns begeistern«, sagte wie aus dem Nichts eine zarte und etwas zu hoch angelegte Stimme.

Ich konnte sie erst nicht ausmachen, bis mir ein feines schwarzes Höschen auffiel, das sorgfältig gefaltet auf einer kleinen Kiste ruhte.

»Glaube mir, ich habe genau gesehen, was dieses Mädchen gemacht hat, sie hat sich für dich begeistert. Wenn die Menschen einmal ihr Augenmerk auf etwas geworfen haben, dann wollen sie es auch haben, wirst schon noch sehen«, sagte das Höschen. »Ich bin schon so oft in meinem Leben angehimmelt worden, ein Theater ist das immer, und glaube mir, es geht den Mädels doch nur darum, Männern zu gefallen. Ehe du dich's versiehst, wirst du wieder ausgezogen und fliegst in eine Ecke und kannst froh sein, wenn sie dich am nächsten Morgen auch wieder mit nach Hause nehmen. Diese Assistentin will dich, ich habe es genau gesehen. Und dann, wenn du mit ihr lebst, dann endet der Abend immer gleich, irgendein Kerl will dich nur ausgezogen sehen, und die Mädchen spielen da auch noch mit.« Das schwarze Höschen schüttelte sich vor Unbehagen. »Was würde ich dafür geben, eine Spanks zu sein.«

»Eine was, was ist denn eine Spanks?«, mischte sich ein grauer Pullover ein, der zusammengelegt auf einem Stapel lag.

»Was bist du denn für ein ungebildeter Pullover, Spanks sind Schummelwäsche, Bauchweghöschen, Shapewear, da reißt mir doch das Gummi, ein ahnungsloser grauer Pullover müsste man sein.«

»Habe ich noch nie gesehen, so eine Schummelhose«, kommentierte der graue Pullover.

»Sie werden sich noch wundern, wie viele von ihnen hier noch zum Einsatz kommen. Schauspieler sind auch nur Menschen«, sagte das schwarze Spitzenhöschen. »Ist ja auch egal, aber das wollte ich noch gesagt haben: Solche Spanks, die zieht keiner mal eben so mir nichts, dir nichts runter, nee, da beißen sich die Männer die Zähne aus.«

»Wenn Frauen diese Dinger anhaben, dann wollen die überhaupt keinen Kontakt zu fremden Männern«, fügte ein sehr schmales Schlauchkleid hinzu, welches die Unterhaltung von seinem Bügel aus verfolgt hatte.

»Hier scheinen ja einige zu wissen, was Frauen so alles erleben«, sagte der graue Pullover und schüttelte vor Verachtung seine glatt gestrickten Maschen einmal durch.

»Ach, der Flusenvogel«, scherzte das Höschen, »ist ja eine Freude, ein Schlauchkleid! Mensch, was für ein Glück, Sie hier, wir sollten uns austauschen.« Und dann hatten sich auch schon zwei gefunden und plapperten über Gott und den Zwirn.

»Das möchte ich meinen«, meldete sich da eine dunkle und sehr tiefe Stimme. »Wenn hier einer weiß, was Frauen so alles erleben, dann bin ich die Fachkraft.«

Alle Kleidungsstücke reckten die Säume, um zu sehen, wem diese aufregende Stimme gehörte. Es war eine lackschwarze Leggins mit einem sehr langen Reißverschluss.

»Mein Name ist Vicki«, sagte sie, »und ich bin es leid, Sexwäsche zu sein. Meine vorherige Besitzerin hat den Roman *26 dunkle Fäden* gelesen, und danach habe ich ständig Hiebe bekommen – keine Ahnung, warum. Freunde«, sagte sie dann etwas sanfter in der Stimme, »ich träume von der Rente. Ein ruhiges Plätzchen, hin und wieder ein bisschen kuscheln – aber bitte keine Hiebe mehr. Und auch nicht mehr fixiert werden. Nee, nee, Freunde, ich habe was erlebt, sage ich euch …«

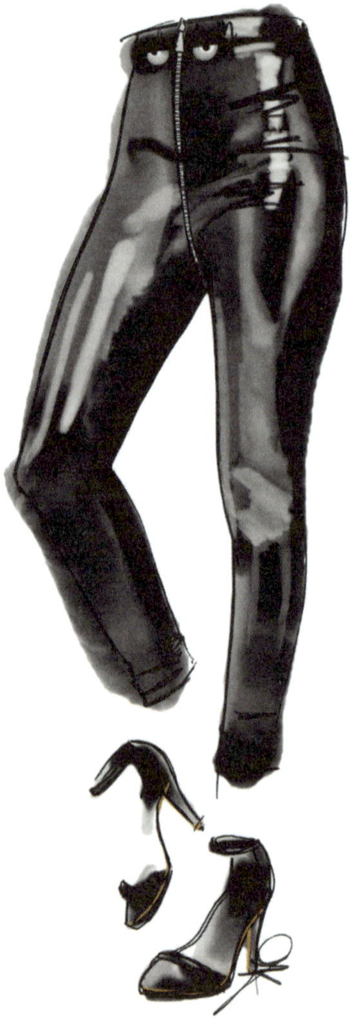

»So, jetzt ist es aber mal gut«, meldete sich Eric und unterbrach Vicki. »Wir haben hier noch junges Gewebe an der Stange.«

»Schon gut, alter Mantel«, entgegnete Vicki und schwieg.

»Hier ist ja heute Morgen ganz schön was los«, sagte ein junger Mann, der wohl etwas zu spät gekommen war.

»In der Tat, Benno«, sagte Henriette Schneider, die wie immer ihren weißen Kittel trug und ihre viel zu große blaue Brille auf der Nase hatte, »umso schöner, dass Sie auch mal auftauchen. Die ganzen Kisten müssen noch ausgepackt werden. Was glauben Sie, wer das machen soll?«

»Vermutlich ich?«, schmunzelte Benno und ließ es als Frage klingen.

»Genau, Einstein«, sagte Henriette Schneider, die schon wieder aus dem Raum eilte, »hier muss alles zugeteilt werden, heute kommen die Schauspieler, also fang besser gleich an.«

»Wird gemacht!«, rief Benno ihr hinterher. Dann zwinkerte er Lucie zu. »Darf ich mich vorstellen, mein Name ist Benno. Ich bin der zweite Assistent«, sagte er, während er Lucie die Hand zum Gruß entgegenstreckte.

»Lucie«, erwiderte Lucie kurz und musterte ihn von oben bis unten. »Du solltest Frau Schneider nicht verärgern, Benno«, sagte sie dann, »sonst könnte es für dich hier gar nicht gut laufen.«

»Da mach dir mal keine Sorgen, Lucie«, strahlte

Benno, »ich komme eines Tages ganz groß raus, wirst sehen, dann bin ich hier der Kostümbildner. Die Schneider wird noch staunen.«

»Spinner«, sagte Lucie nur und zeigte ihm einen Vogel.

»Und du bist wohl die erste Kostümassistentin, oder? Hat hier jemand mit Kaffee nach dir geworfen?«, erkundigte sich der sympathische Junge mit einem breiten Grinsen.

»Benno, geh mir nicht auf die Nerven. Wenn du möchtest, dass wir hier eine gute Zeit haben, dann solltest du einfach deinen Job machen, und dazu gehört jetzt erst mal, bei *Chic* anzurufen und einen neuen weißen Blazer in Größe 38 zu ordern. Unserer muss in die Wäsche, und wenn der Fleck nicht herausgeht, dann sollte das Ersatzteil umgehend hier sein, verstanden?«, zischte Lucie.

»Oh, klar rufe ich bei *Chic* an, ist ja irre, ich wollte mal ein Praktikum bei denen machen. Die haben mich aber nicht genommen«, lachte Benno.

»Kein Wunder, jemanden, der so bescheuert grinst wie du, würde ich auch nicht einstellen«, kommentierte Lucie.

»Ach, wart mal ab, der Tag wird kommen, an dem auch du dich freust, dass ich hier bin!«, erwiderte Benno. »Im Ernst, ich bin Modestudent im letzten Semester, und mein Traum war es immer, Kostümbildner zu werden. Ich bin echt glücklich, dass die Schneider mich genommen hat.«

»Dann hoffe ich mal, dass sie es auch noch ist, wenn dieser Film hier abgedreht ist, Mr Valentino, oder sollte ich Benno Lagerfeld sagen?«, fragte Lucie mit einem überheblichen Lächeln.

»Valentino!«, rief Hannelore, die Hose. «Ich habe eine gute Freundin, ein Etuikleid, Gott, wie hieß die denn nur? Ach, da fällt es mir wieder ein – Valentina Red!«

Da musste das Schlauchkleid laut lachen. »Valentino, Valentina, ist ja egal, das ist doch die günstige Marke von Valentino. Hätte mich auch gewundert, wenn Sie die erste Reihe zur Freundin gehabt hätten.«

»Ich kenne Karl Lagerfeld«, meldete sich ein Schal, der noch in seinem Karton lag. »Ich war mal mit einem seiner Handschuhe zusammen.«

Ein Gelächter ging durch die Ständer, und das Schlauchkleid hüpfte vor Vergnügen. »Also, die Geschichten von den Schals sind doch immer die besten, mit einem Handschuh zusammen, ist ja zum Piepen«, amüsierte sich das Kleid.

»Es ist die Wahrheit«, insistierte der Schal, »er hatte ihn verloren in der Rue Cambon.«

»Verloren, der verliert doch nichts«, entgegnete das Kleid fassungslos.

In diesem Moment rief Benno: »Mensch, bleib mal locker, Lucie. Ich freue mich doch nur, hier zu sein! Du doch bestimmt auch. Wie bist du denn an die Stelle gekommen?«, fragte er, während er nach der Nummer von *Chic* suchte.

»Es ist der zweite Film, den ich als Assi von der Schneider mache. Ich wollte erst gar nicht zusagen, aber als ich hörte, dass Finn Farhay in diesem Film eine Hauptrolle spielt, hab ich mich überzeugen lassen. Finn Farhay ist der absolute Knaller, ich stehe total auf den. Wenn es gut läuft, werde ich sogar seine Garderobe betreuen.« Lucie wurde schlagartig etwas weicher, und ihr Gesicht strahlte bei dem Gedanken.

»Vermutlich wird er sich in dich verlieben und nimmt dich mit nach Hollywood, Heirat nicht ausgeschlossen«, witzelte Benno.

»Idiot«, kommentierte Lucie und schnappte sich die Teile für die Wäsche.

Während Benno telefonierte, machte ich mir Sorgen um den Blazer. Es konnte doch nicht sein, dass er so mir nichts, dir nichts ersetzt werden konnte? Hoffentlich würde die Wäsche ihn retten, und der Fleck ging wieder raus.

Etwas später bevölkerten immer mehr Menschen unsere Halle, und ich wurde zusammen mit einigen anderen zur Seite geschoben.

Benno überprüfte mehrere Listen. Als er mich gefunden hatte, begrüßte er mich mit einem »Na, da bist du ja!« Er hielt einen Moment inne und betrachtete mich von oben bis unten. Dann lächelte er und sagte: »Ein toller Fummel bist du«, und strich mir vorsichtig über die Seide.

»Danke«, hauchte ich. Das Wort Fummel hatte ich

noch nie zuvor gehört, aber ich war mir sicher, dass ein Fummel etwas Schönes war.

Benno drehte sich noch einmal um und lächelte mich an. »Hübsches Ding, wirklich«, sagte er und verschwand hinter einem großen Stapel von Kisten.

Ich mochte diesen freundlichen jungen Mann und hoffte, ihn noch öfter zu treffen. Vielleicht war er ja auch ein Stoffling?

»Wir sehen uns dann später«, rief mir Eric plötzlich zu, als er an mir vorbeigeschoben wurde, und riss mich damit aus meinen Gedanken. »Du bist ja ein schwerer oller Mantel«, sagte Lucie, als sie ihn zu fassen bekam.

Eric machte sich mit all seinen Orden noch schwerer und lächelte wohlwollend, als er aus der großen Halle getragen wurde.

Die Kostümbildnerin Henriette Schneider brachte einen Kleidersack, der mit einer roten Schleife versehen war, und hängte ihn vorsichtig auf meinen Rollständer. »Das gute Stück ist jetzt auch endlich angekommen«, sagte sie und zeichnete mit einem roten Filzstift eine Nummer auf ihrer Liste ab.

Es folgten noch ein weit ausgestellter Rock, drei Blusen, eine kurze Jacke, einige Hosen, ein Büstenhalter, ein blassblaues Nachthemd und ein kleiner goldener Gürtel. Als Letztes wurde ein Poncho gebracht, so eine Art Cape. Es war ein eigenwilliges Kleidungsstück, vielleicht war er gestrickt oder auch gehäkelt worden, aber auf jeden Fall war er etwas ganz Besonderes. Dann wurden zwei weitere Kleidersäcke und eine Tüte mit einigen Textilien neben mir platziert. Ich konnte nicht erkennen, was sich in dieser Tüte befand, aber ich konnte es riechen – es konnte sich nur um Langonis handeln.

Zu guter Letzt wurden die Kleidersäcke entfernt, aber bevor ich sehen konnte, wer in ihnen steckte, wurden wir schon wieder weitergeschoben.

Unser Ständer rollte durch einen weiteren Raum, und immer wieder hörte ich die Stimme der Kostümbildnerin. Wir kamen vorbei an Regalen mit Kisten und Lampen, unzählige Menschen wuselten durcheinander, und ein großer blonder Mann mit einer Lupe um den Hals wurde von allen freundlich mit einem »Guten Morgen, Herr Regisseur« begrüßt.

»Was ist denn das für eine seltsame Kette?«, erkundigte sich der ausgestellte Rock.

»Ein Belichtungsmesser«, entgegnete Eric sichtlich verwundert, dass er es auch bei diesem Film wieder mit so vielen Neulingen zu tun hatte. »Er braucht ihn für die Berechnung der Helligkeit. Für die Blende eben.«

»Eine Blende ist ein Besatz aus einem Stoff oder, wie in meinem Fall, aus einer bestickten Spitze«, entgegnete ein kleiner Blazer, der nicht glauben konnte, dass Eric nicht Bescheid wusste.

»Ja, natürlich, ich stimme Ihnen zu, eine Blende kann auch ein Besatz sein.«

»Ich glaube, Sie kümmern sich zu viel um die Menschen«, entgegnete der kleine Blazer, »sonst würden Sie ja gar nicht erst auf den Gedanken kommen, dass eine Blende nicht zu uns gehört.«

»Entschuldigen Sie, ich war etwas taktlos, natürlich haben Sie Recht.«

»Wo bin ich hier nur gelandet?«, sagte der kleine Blazer mit Blende, und seine Taschenklappen kräuselten sich leicht vor Unbehagen.

In diesem Moment rief der Regisseur: »Hey, für wen sind diese Kostüme?«

»Für den Star, Herr Regisseur«, antwortete Benno stolz und streckte dem Mann seine Hand entgegen. »Mein Name ist Benno, ich bin der zweite Kostümassistent«, fügte er sichtlich beeindruckt von seiner eigenen Position hinzu.

»Na, dann hoffe ich mal, dass unser Star die Fummel auch mag, sonst haben Sie ein Problem«, sagte der Regisseur zwinkernd.

Benno lächelte und deutete auf Henriette, die gerade emsig vorbeihuschte. »Nee, nee«, sagte er, »Frau Schneider hat ganze Arbeit geleistet, das kann gar keine Probleme geben. Sehen Sie nur, ist dieses hübsche rote Kleid nicht ein Traum?« Benno zog leicht an meiner Taille.

»Schön vorsichtig«, sagte der Regisseur, »das richtige Kostüm ist für eine Rolle unentbehrlich.«

»Es ist nicht für Deborah Winter«, mischte sich Henriette Schneider ein, »es ist ein Kleid für eine wichtige Szene mit Lavinia Jackson.«

»Oh«, sagte der Regisseur, »dann passen Sie ganz besonders auf das Kleidchen auf, denn am Ende dieses Films wird Lavinia Jackson vermutlich der neue Star sein.«

»Das wäre wunderbar«, entgegnete Henriette. »Wir werden alles dafür tun, dass es genau der Film wird, den Sie sich wünschen.«

»Haben Sie schon Termine für die Anproben organisiert? Ich würde gern einige Looks vorher noch einmal sehen«, sagte der Regisseur, und Henriette Schneider nickte zustimmend.

»Kein Problem, sobald unsere Hauptdarsteller angereist sind, werde ich Ihnen umgehend die Termine zukommen lassen.«

»Gut, gut. Also schön vorsichtig dann, Benno, bringen Sie die Kleider sicher an ihr Ziel«, scherzte der Regisseur.

»Sie können sich auf mich verlassen. Wirklich, ich bin mit den verschiedensten Stoffen aufgewachsen, meine Mutter hat mir beigebracht, respektvoll mit allem umzugehen, was mir anvertraut wurde. Seit meiner frühsten Kindheit habe ich Kleidung geliebt, und ich wollte schon immer was mit Mode machen.« Henriette wollte ihn unterbrechen, aber Benno fuhr fort: »Keiner in meinem Freundeskreis war überrascht, als ich mich nach dem Abitur für ein Studium an einer Kunsthochschule beworben hatte. Ich wurde gleich im ersten Durchgang angenommen, und an jedem Tag meiner Ausbildung hat sich meine Freude gefestigt, mit

Textilien zu arbeiten. Ich will wirklich mit vollem Einsatz diese Chance nutzen. Ich liebe den Film, und ich schätze die Erfahrung, die Frau Schneider und Sie alle mit mir teilen werden. Vor allem aber liebe ich die unzähligen Kostüme und die Möglichkeit, mit ihnen eine Welt zu erschaffen.«

Wir Kleider schwiegen tief beeindruckt von dieser Rede, und der Regisseur sagte: »Benno, Sie sind ein feiner Kerl, wir sollten Sie als persönlichen Kostümassistenten von Finn Farhay einsetzen«, und fügte zu Henriette gewandt hinzu: »Ich möchte, dass er eine gute Zeit hat, und dieser Benno wird ihm sicher Freude bereiten.« Dann verschwand er mit einem Lächeln hinter einer großen Stahltür.

»Ja, dann würde ich mal sagen, herzlich willkommen in der Garderobe unseres Hauptdarstellers«, sagte Henriette Schneider und klopfte Benno freundlich auf die Schulter. »Kein schlechter Start für einen zweiten Assistenten, der gleich am ersten Tag verspätet war.«

»Wird nicht mehr vorkommen, versprochen«, sagte Benno strahlend.

»Das hoffe ich. Und nun bringen Sie die Stange schnell ins Zwischenlager, und dann sind Sie bitte so nett und versehen alle Kostüme, die Sie in den Listen hier finden, noch mit dem Vermerk ›Hauptrolle‹, dann wird es morgen schneller gehen mit der Verteilung in die verschiedenen Garderoben.« Sie reichte Benno die Listen, und er klemmte sie sich unter den Arm.

»Und übrigens: gut gemacht«, rief Henriette Schneider ihm noch hinterher, bevor er uns weiterschob.

Als Lucie kurz darauf an unserem Kleiderständer vorbeieilte, schrie plötzlich ein kleiner Blazer laut auf. Alle Textilien zuckten zusammen, und dann fiel ein kleiner goldener Knopf zu Boden. Lucie hatte ihn abgerissen.

Was war hier nur los?

Benno stellte unsere Stange schließlich in einen ruhigen Raum, und ich versuchte, die vielen Eindrücke des Tages zu verarbeiten. Ich hatte immer noch nicht richtig verstanden, wieso hier jedes Kleidungsstück als Kostüm bezeichnet wurde. Ich konnte einfach nicht glauben, dass ich in diesem Irrenhaus richtig war. Wer hatte den Fehler begangen, mich hierherzuschicken? Mir wurde ganz schwindelig, und mein Saum zitterte. Ich hoffte sehr, dass sich dieser Irrtum in den nächsten Tagen aufklären würde und ich endlich nach Belgien reisen und ein Lieblingskleid werden konnte. Wenn ich doch nur eine Größe 36 wäre, dann hätte ich zu Veronika und ihrer eleganten Dame ziehen können.

Langsam wurde es auf dem Flur stiller, und als das Licht von Benno ausgeschaltet wurde, da rief er noch: »Gute Nacht, ihr alten Fummel.« Dann fiel die Tür ins Schloss.

Er musste ein Stoffling sein, dachte ich noch mal, und dann fielen mir die Augen zu …

Wie lange ich die Augen geschlossen hatte, vermochte ich beim besten Willen nicht sagen und auch nicht, ob ich träumte oder wirklich ein Husten hörte. Ich konnte in der Dunkelheit auch nicht ausmachen, wer sich da womöglich den Staub aus dem Gewebe hüstelte.

»Dieser Steppmantel geht mir auf die Nerven«, sagte da eine Stimme in die Stille des Raumes.

»Ich dachte schon, die ganze Klamottenschar schläft«, scherzte das kleine blassblaue Nachthemd.

»Ihr habt gut schwätzen«, sagte der hustende Steppmantel. »Ich möchte euch mal erleben, wenn ihr jahrelang in eine Ecke gedrückt würdet. Kein gutes Wort und auf einem ungemütlichen Drahtbügel vergessen …«, keuchte er, und jeder konnte spüren, wie einsam er gewesen sein musste. »Ich dachte schon, es gibt keine zweite Chance mehr für mich. Ausgemustert, den Motten hilflos ausgeliefert zu sein, nee, nee, meine Freunde, das war kein Vergnügen.« Dann plusterte sich der Steppmantel noch einmal auf und sagte: »Wie bin ich doch froh, dass die gute Frau Henriette noch einmal zurückgekommen ist. ›Ich brauche noch einen schönen warmen Steppmantel in Größe 52 mit Daunen gefüttert‹, hat sie gesagt.« Der Mantel hustete noch einmal kräftig, um auch den Letzten auf unserer Stange an seiner Seite zu wissen. »›Schön warm‹, hat sie gesagt«, wiederholte er, und dabei hüpfte sein Reißverschluss vor Vergnügen. »Wieder gebraucht zu werden ist doch

so wichtig für jeden, egal ob du ein Mantel, eine Bluse, ein Mädchen oder ein Junge bist. Ein Steppmantel muss doch schön warm halten und nicht in einem Kostümfundus versauern …«

In die betretene Stille meldete sich der wilde Poncho. »Was ist denn hier schon wieder los?«, beschwerte er sich. »Nix anscheinend! Freunde, ihr seid ja so was von langweilig, aus welcher Mottenkiste hat man euch denn ausgegraben? Kein Wunder, dass sie euch vergessen haben.«

Das blassblaue Nachthemd äffte den Poncho nach: »Freunde, Freunde«, sagte es, und dabei zog es seine feinen Träger hoch, und als es noch so etwas wie »wer kommt denn hier aus der Mottenkiste« sagen wollte, da verlor es auch schon das Gleichgewicht und fiel vom Bügel.

»Hilfe, Hilfe«, rief es noch, und da lag es dann auch schon.

»Nachthemden«, sagte der Steppmantel, »warum ihr immerzu von euren Bügeln rutscht, ist mir ein Rätsel.«

»Weil sie eben flatterhaft sind«, meldete sich eine geblümte Bluse.

»Und weil sie eben so gern aufgehoben werden«, ergänzte der Steppmantel.

Da mussten alle laut lachen, und das Nachthemd ärgerte sich, weil es sich ertappt fühlte. »Wir sind halt zart und hilflos«, sagte es leise.

»Hilflos«, sagte eine bunte Bluse, »hilflos, mein liebes Nachthemd, war hier nur der gute alte Steppmantel, als er von seinen Menschen vergessen wurde.«

»Ja, das wurde ich«, sagte der Steppmantel, »ich danke euch, ihr lieben Blusen.«

Die Blusen freuten sich und zeigten wieder einmal, dass sie zu allen passen und jeder sich auf sie verlassen kann.

»Wenn die Menschen uns nicht mehr wertschätzen, dann ist es irgendwann vorbei für uns«, sagte eine freundliche Stimme, die in meiner unmittelbaren Nähe hing. »Guten Abend, mein Name ist Belinda, es ist mir ein Vergnügen, euch kennenlernen zu dürfen.«

Erst jetzt konnte ich erkennen, dass es sich um ein wunderschönes dunkelgrünes Sommerkleid handelte. Belinda war perfekt geschnitten, und eine große weiße Seidenblüte zierte ihre Schulter. Sie war nicht mehr ganz jung, aber sie hatte alles, was man brauchte, um ein schickes Kleid zu sein.

»Es ist mir ebenfalls ein Vergnügen«, sagte der Steppmantel, »bitte entschuldigen Sie, ich habe mich noch gar nicht bei Ihnen vorgestellt. Ich komme aus einer Fabrik in Tschechien. Mein Name ist Lothar. Ich hoffe, mein Husten hat nicht zu sehr gestört, liebe gnädige Frau.«

»Ich bitte Sie«, sagte Belinda, »wir sind doch froh, Sie wohlauf an unserer Seite zu wissen. Ich bin mir sicher, etwas Zuwendung, etwas heißer Dampf, und Sie sind ruck, zuck wiederhergestellt. Wissen Sie, ich bin doch so schrecklich mitfühlend, was soll ich machen, ich glaube eben immer an das Gute im Stoff.«

»Ich bin sogar aus Seide«, rief das blassblaue Nachthemd vom Boden, »aber das scheint ja hier niemanden zu interessieren.«

»Wenn hier jemand etwas ganz Besonderes aus Seide ist, dann ist es ja wohl dieser Traum in Rot«, sagte Belinda, indem sie mit ihrem Saum auf mich deutete.

»Guten Abend«, sagte ich verlegen, »mein Name ist Anascha.«

»Aber das wissen wir doch«, bemerkte der Steppmantel Lothar. »Hier wurde ja den ganzen Tag nur von dir gesprochen. Vielleicht werden wir noch gute Freunde, weißt du, Freundschaft ist wie Liebe ohne die Flügel der Versuchung. Mein Innenleben ist prall gefüllt mit weichen Daunen. Was glaubst du, wie die fliegen würden, wenn mein Futter sie nicht zusammenhalten würde.«

»Na, Sie sind ja ein Romantiker, lieber Lothar«, sagte Belinda. »Wissen Sie, ich glaube, Freundschaft ist ein Geschenk von Freunden. Ich freue mich sehr, mit Ihnen an einer Stange hängen zu dürfen.«

Lothar versuchte, mit einem kleinen Hustenanfall seine Gerührtheit zu überspielen. »Wie liebenswürdig, danke, liebe Frau Belinda, danke. Aber … wir sprachen doch gerade von Anascha, dass sie so ein wunderschönes Seidenkleid ist«, sagte Lothar, um etwas von sich abzulenken.

»Und das ist sie auch«, sagte Belinda und lächelte mich freundlich an. »Sei bitte nicht traurig, Kleines, wenn unser Star sich vielleicht für die da entscheiden wird.« Dabei deutete sie auf eine große weiße Robe mit einer hohen Taille und einer feinen und erlesenen Stickerei.

Das elegante Kleid zog etwas den Saum hoch und versetzte ihn in ein leichtes und vornehmes Schwingen, als hätte sie nicht gehört, dass es um sie ging.

»Bonsoir«, hauchte sie dann, »Sie müssen entschuldigen, ich habe noch eine leichte Schutzfolie, ich bin einfach zu empfindlich, um nicht zu sagen zu deliziös.« Dabei schwang sie vor Entzücken in ihrer Folie hin und her.

»Guten Abend, Madame«, meldete sich eine dunkle und volle weibliche Stimme, die zu einem gerade geschnittenen Rock aus einer feinen schwarzen Wolle gehörte. »Coco mein Name. Ich höre, Sie kommen auch aus Frankreich!«

»Enchantée«, sagte die große Robe. »Ich bin aus Paris«, dann machte sie eine kurze Pause und fügte mit einer eher beiläufig gespielten Leichtigkeit hinzu: »Dior.«

Sie hatte noch nicht ganz den Namen Dior ausgesprochen, da ging ein Raunen durch den Raum, und ich hörte, wie das zu Boden gefallene blassblaue Nachthemd leise sagte: »Dior! Und ich dummes Ding spring vom Bügel.«

»Was bedeutet denn Dior?«, fragte ich leise Belinda.

»Kind«, sagte sie, »das ist das Feinste, was es gibt …«

»Sie können mich auch einfach Dior nennen«, sagte das Kleid, »wir heißen alle Dior, nicht mehr und auch nicht weniger.« Dann lehnte sie sich zurück in ihr Gewebe und sprach etwas Unverständliches in ihr Futter.

»Aber Sie werden doch einen Namen haben«, fragte die geblümte Bluse. »Dior ist doch nur das Haus, in dem Sie gearbeitet wurden.«

»Dummerchen. Ich wurde nicht nur gearbeitet, ich wurde *kreiert*! Du kannst mir glauben, mit Dior im Etikett geht jeder Schrank auf, da braucht es keinen zusätzlichen Namen. Wir sind auf der ganzen Welt zu Hause«, hauchte das Kleid, und seine Folie zitterte vor lauter Selbstliebe.

»Arrogante Ziege«, sagte der wilde Poncho, »was glaubst du denn, wer du bist, du dünnes Fähnchen aus Paris?«

Das Dior-Kleid spielte Teilnahmslosigkeit, aber ich hörte, wie sie leise »blöder Häkelalptraum« in ihr Futter brabbelte.

»Aus Paris, aha«, sagte eine weiße Bluse. »Ich bin aus einem Kaufhaus in Wuppertal. Damenoberbekleidung. Mich gibt es nur in einer kleinen feinen Serie«, fügte sie mit etwas Stolz hinzu.

»Meine Liebe«, sagte das Dior-Kleid so freundlich, wie es nur konnte, »es ist doch gut so, wie es ist. Nicht jeder kann aus einem Pariser Atelier kommen. C'est la vie, Sie sind doch ein hübsches Ding, auch wenn vermutlich kein Kleidchen auf dieser Welt weiß, wo Ihr Wuppertal liegt. Ist doch alles dran an Ihnen, soweit ich es beurteilen kann«, sagte das Kleid, »Paris bleibt halt Paris.« Dann seufzte sie und schaute etwas wehmütig.

»Wissen Sie«, sagte die Bluse aus Wuppertal, »Ihr Eiffelturm in Paris und unsere Schwebebahn in Wuppertal sind von dem selben Architekten erbaut worden.«

»Wenn das mal stimmt«, sagte das Kleid. »Eine Schwebebahn, was soll denn das schon wieder sein?«

»Paris ist die schönste Stadt der Welt«, unterbrach der Rock Coco, »ich kann Ihnen verraten, liebste Bluse aus Wuppertal, Sie werden mit mir zusammen getragen. Wir werden eine aufregende Kombination werden. Das hat zumindest heute unsere Kostümbildnerin, Frau Henriette, gesagt«, fügte Coco noch hinzu.

Die weiße Bluse strahlte aus jedem Knopfloch, und Coco hatte sich schon etwas verliebt.

»Na, bravo«, sagte der Poncho, »da haben sich ja zwei gefunden, dann wollen wir mal hoffen, dass sie auch zusammenbleiben werden.«

Wie gern würde ich auch mit jemanden zusammengehören, dachte ich und wünschte mir den alten Mantel Eric herbei.

»Woher kommen Sie denn?«, fragte da das weiße Dior-Kleid und deutete auf mich.

»Ich bin eine Russin, aber in Deutschland geboren«, sagte ich schüchtern, »und mein Name ist Anascha.«

»Laaangweilig!«, rief der Poncho. »Ihr könnt sein, was ihr wollt, und herkommen, wo ihr wollt, es ist mir doch so egal. Als ob bei einem von euch ein Faden gezogen wurde. So egal ist mir das. Ihr seid hier an einem Filmset. Wenn ihr Glück habt, dann werdet ihr von einem zweitklassigen Schauspieler getragen, und wenn er ein Herz haben sollte, legt er euch vielleicht sorgfältig zusammen. Wenn nicht, wirft er euch in die nächste Ecke.«

Dann wurde es ganz still, und nur das blassblaue Nachthemd seufzte: »Den Poncho sollen doch die Motten holen …«

KAPITEL 6

Der nächste Morgen fühlte sich kalt und ungemütlich an. Als ich meine kleinen Knopflöcher öffnete, durchlief mich ein Schauer. Viele von uns hingen etwas verknittert und eingerollt auf ihren Bügeln. Lucie war gestern Abend noch einmal kurz da gewesen und hatte vergessen, das Fenster zu schließen, so dass die Feuchtigkeit der Nacht sich in unsere Maschen gelegt hatte.

Als Henriette Schneider den Raum betrat, schloss sie sofort das Fenster und drehte die Heizung auf. »Es ist ja kalt wie in einer Kühlkammer hier, die Kostüme sind ganz feucht«, sagte sie, und dabei strich sie mit ihren sanften Händen durch die Reihen und stolperte fast über das Nachthemdchen. Sie hob es auf und hängte es zurück auf seinen Bügel.

Das Hemdchen quietschte vor Vergnügen und hatte wieder einmal seine Aufmerksamkeit bekommen.

»Manchmal könnte man glauben, ihr feiert hier nachts eine Party, dass immer die Nachthemdchen runterfallen.«

»Vermutlich war's der Wind, ist ja ganz schön frisch hier«, antwortete Lucie, die wie aus dem Nichts auf einmal neben Henriette Schneider stand.

»Lucie«, rief Henriette sichtlich erschrocken, »was schleichen Sie sich denn so an, ich habe mich fast zu Tode erschreckt.«

»Guten Morgen, Henriette, es tut mir leid, wenn ich Sie erschreckt habe.«

»Schon gut, lassen wir es dabei, aber kann es sein, dass Sie gestern vergessen haben, das Fenster zu schließen?«, fragte Henriette Schneider.

»Aber nein, ich war doch gar nicht die Letzte hier, das muss Benno gewesen sein.«

»Tse, tse, tse«, sagte Lothar leise und schüttelte leicht seinen Kragen ob dieser Lüge.

»Dann müssen Sie ihn kontrollieren, Sie sind meine erste Assistentin und dafür verantwortlich, verstehen Sie?«

Lucie nickte und wollte gerade noch eine Unwahrheit zum Besten geben, als Henriette Schneider sie jäh unterbrach.

»Lucie, ich weiß nicht, ob Sie es schon gehört haben, aber Sie werden nicht in der Garderobe von Finn Farhay eingesetzt. Der Regisseur hat Benno diese Aufgabe übertragen. Sie werden sich um Lavinia Jackson kümmern, und ich werde Deborah Winter persönlich betreuen. Alle anderen wichtigen Rollen werden aufgeteilt, und die Anziehhilfen werde ich morgen zuweisen, jeder von Ihnen hat drei. Lucie, haben Sie mir überhaupt zugehört?«

Lucie sah wahnsinnig enttäuscht aus. Sie hatte wohl bis zuletzt gehofft, doch noch Finn zugeteilt zu werden. »Aber … Sie hatten mir doch versprochen, dass ich mich um Finn Farhay kümmern darf.«

»Es ist ein Wunsch vom Chef, basta, und zudem eine gute Entscheidung. Benno ist ein junger Mann, und ich denke, dass Finn Farhay sich mit ihm wohler fühlen wird. Ich habe, um ehrlich zu sein, auch schon mit dem Gedanken gespielt, Sie eher für eine Schauspieler*in* einzuteilen.«

Lucie kochte jetzt offensichtlich vor Wut, sie drehte sich um und sagte, für Henriette Schneider nicht hörbar: »Dafür habe ich ein anderes Projekt abgesagt, du blöde Kuh.«

Henriette Schneider schüttelte kurz den Kopf, und als sie sich gerade umdrehen wollte, sah sie den kleinen goldenen Knopf auf dem Boden liegen. Sie hob ihn auf und betrachtete ihn fragend. »Das gibt es doch nicht, ich hatte ihn doch gestern selbst noch an den kleinen Blazer angenäht.«

Sie hielt den Knopf in der Hand und suchte den kleinen Blazer, den sie auch sofort fand. An seiner Manschette entdeckte sie das grob ausgerissene Knopfloch. Ein Faden hing locker an seinem Ärmelschlitz herunter, und es war offensichtlich, dass dieser Knopf absichtlich abgerissen worden war. Henriette steckte den Knopf in die Tasche ihres weißen Kittels und schüttelte verwundert den Kopf.

Der Kittel, den sie trug, war ein ganz besonderer Vertreter seiner Art. Er war auf eine seltsame Weise schick und mondän. Sein Kragen war mit einer leichten Stickerei versehen, und seine Taschen waren etwas größer, als sie normalerweise verwendet werden. Es sei ein Atelierkittel einer Direktrice, erklärte Belinda mir später. Auf der linken Seite war in Brusthöhe noch ein zartes Logo zu erkennen, es waren zwei gegeneinandergeschwungene C.

Der erlesene Kittel seufzte etwas auf, als Henriette Schneider den kleinen goldenen Knopf in ihrer Tasche verschwinden ließ. »Was bin ich froh, dass wir Taschen haben, die für so allerlei Platz bieten«, flüsterte er vor sich hin, als er an mir vorbeigetragen wurde. Er begrüßte mich mit einem wohlwollenden Nicken. »Freut mich, mein Kind, bist eine feine Handarbeit, schön, dich hierzuhaben.«

Genauso schnell, wie Henriette an mir vorbeirauschte, war sie auch schon wieder verschwunden.

»Diese Lucie ist doch ein Biest, habt ihr gehört, wie sie gelogen hat?«, bemerkte die Bluse aus Wuppertal.

»Ach«, sagte der Poncho, »die ist doch nur sauer, weil sie nicht bei unserem Superstar die Assistentin spielen darf. Ich mochte die frische Luft gestern Nacht.«

»Kein Wunder, wenn ich aus einer ollen Pferdedecke

gemacht worden wäre, dann wäre mir vermutlich auch alles egal«, erwiderte die Bluse.

»Weiber«, stöhnte der Poncho.

»Habt ihr gesehen, dass Henriette einen Kittel von Chanel trägt?«, bemerkte Coco, der feine Rock aus Paris. »Sie hat bestimmt mal dort gearbeitet und den Kittel als Erinnerung mitgenommen.«

»Also, jetzt platzt mir aber gleich das Garn«, prustete der Poncho, »die ist doch genauso scharf auf ihre Vergangenheit wie das olle Kleid von Dior! Immer dieses ewige Markengequatsche.«

Da musste das Dior-Kleid laut lachen. »Dieser Poncho ist nicht nur ordinär, sondern auch noch dumm. Als wenn ich mich mit einem Kittel vergleichen lassen würde, was denken Sie denn, wer da den Kürzeren zieht? Ein Kittel von Chanel, ich kenne diese Marke überhaupt nicht, und für mich ist diese niveaulose Unterhaltung in diesem Moment beendet«, seufzte es und tat teilnahmslos.

»Aber Sie werden doch Chanel kennen, meine Liebe«, erkundigte sich Coco. »Chanel ist doch wie Dior, oder täusche ich mich da?«

»Diiiiiioooorrrr«, sang das Kleid plötzlich auf eine merkwürdige Art und Weise und fügte kurz darauf hinzu: »Lassen Sie mich jetzt einfach in Ruhe, ich möchte hier noch etwas hängen, ich meditiere morgens gern, es tut meinen Fasern gut. Aber was erzähle ich denn hier, in dieser Behausung sind Kultur und Anstand ja anscheinend Fremdwörter.« Sie bauschte kurz ihr Futter auf und sang noch ein langgezogenes »Diiiiiioooooor«.

Kurz darauf kam Henriette zurück. Sie trug den Steppmantel auf ihrem Arm und drückte ihn an ihre Brust.

»Wie gut, dass ich dich mit rausgenommen habe, du bist doch ein feiner und warmer Begleiter«, sagte sie. »Aber jetzt musst du in deine Garderobe.«

Vor einem großen Standspiegel mit einem wuchtigen goldenen Rahmen blieb sie einen Moment stehen und betrachtete sich. Sie zog die Augenbrauen hoch und schnitt eine Grimasse, dann lachte sie laut auf und sagte zu sich selbst: »Wirst auch nicht jünger, Henriette, aber eine schöne Brille hast du.«

»Für mich sind Sie die Nummer eins mit Brille«, ertönte eine freundliche Männerstimme.

»Benno«, rief Henriette, »wer auch sonst! Sie sollten keine älteren Damen belauschen, sondern mir lieber mal zur Hand gehen.« Sie reichte ihm den Steppmantel. »Ab damit in die Garderobe unseres Stars«, sagte sie. »›Ihres Stars‹, sollte ich jetzt wohl besser sagen«, fügte sie mit einem Augenzwinkern hinzu.

»Sie wissen doch, ich bin Ihnen hoffnungslos verfallen. Ich habe eine Schwäche für junge Frauen mit schönen Brillen«, sagte Benno mit gespieltem Ernst.

Henriette lachte laut und deutete ihm an, sich jetzt zu sputen, indem sie ermahnend den Zeigefinger hob und »Freundchen« sagte. Dann verließ sie den Raum.

Der Benno ist ein feiner Kerl, dachte ich gerade, da schnappte er plötzlich meinen Bügel und warf mich durch die Luft. Meine rote Seide flatterte über den anderen, und ich fühlte mich auf einmal so frei und leicht. Jetzt verstand ich, was mir die Kleider erzählt hatten. Wir brauchen Zuwendung, damit wir glücklich bleiben können.

»Du bist mein Augensternchen«, rief Benno und tänzelte mit mir durch den Raum.

»Jetzt aber mal sachte, mein kleines Fräulein«, beschwerte sich das Dior-Kleid bei mir. »Ich meditiere. Und Sie reißen mir noch die Folie kaputt.«

Benno brachte nach und nach alle Kleidungsstücke, die wie ich den Vermerk »Hauptrolle« am Bügel hängen hatten, in einen hübschen Raum mit einem weißen Teppichboden. Die Wände waren zum Teil verspiegelt, und in der Mitte des Raumes stand ein luxuriöser Schminktisch, der unzählige Fläschchen, Tuben, Kämme und Puderdöschen beherbergte. An der Decke hing ein üppiger Kronleuchter, der mit seinen funkelnden Kristallen meine ganze Aufmerksamkeit auf sich zog. Wie wunderschön diese Lampe war, und die Sonnenstrahlen, die durch das offene Fenster auf die Kristalle fielen, versetzten den Raum in ein Märchenland.

Ich bin in Belgien, dachte ich, endlich, hier ist mein Zuhause. Ich konnte mein Glück kaum fassen und strahlte aus jeder Faser.

Kurz darauf folgten mir das Dior-Kleid und der

Rock Coco mit seiner hübschen Bluse aus Wuppertal. Dann das blassblaue Nachthemdchen. Langsam wurde es etwas eng.

»So dicht gedrängt«, beschwerte sich gleich das Kleid von Dior. »Ich kann es nicht glauben, da werde ich hier abgehängt, als ob ich aus dem Kaufhaus wäre. Nein, nein, hätte ich gewusst, was mich hier erwartet, ich wäre wie das Nachthemd vom Bügel gesprungen.« Jeder konnte ihre Verzweiflung spüren.

»Aber bitte«, sagte der Rock Coco, »das haben Sie doch gar nicht nötig, Sie sind doch von Dior.«

»Pardon«, sagte das Kleid, »ich habe mich gehen lassen, verzeihen Sie mir. Es ist einfach alles etwas viel für mich, es ist nicht leicht für eine Kreation meiner Güte. Couture bleibt eben immer etwas Außergewöhnliches. Ich bin jetzt schon eine Legende.«

»Halllöchen«, trällerte da wie aus dem Nichts der wilde Poncho, als er von Benno zu uns in die Kabine gebracht wurde.

»Auch der noch«, stöhnte das Dior-Kleid, »der hat uns gerade noch gefehlt. Mit seinen Fusseln und seiner ungehobelten Art ist er für mich der Untergang!«

»Ach, häng doch mal locker auf deinem feinen Bügel, das ist ja nicht auszuhalten, immer etwas zu meckern«, sagte der Poncho und rieb sich dabei die Fransen. Kurz darauf rief er: »Na, da schau her«, als eine enge Jeans hereingebracht wurde.

»Hi there«, stellte die Jeans sich mit einem breiten amerikanischen Akzent vor, »ich bin die Patsy Blue.«

»Hi, Patsy Baby«, sagte der Poncho, »wenn du mal nicht meine perfekte Hose bist!«

»Du bist ja ein abgedrehtes Teilchen, wer hat dich denn entworfen?«, konterte Patsy.

Die beiden hatten sich gesucht und wohl auch gefunden. Sie plauderten ohne Unterlass, und die Bluejeans quiekte vor Vergnügen.

»Jeans sind immer freundlich und locker. Manchmal beneide ich sie, die sind so unkompliziert und sehen auch mit den Jahren immer noch lässig aus«, sagte Coco und flüsterte mir dann ins Gewebe: »Meine weiße Bluse hätte vermutlich auch keine Bedenken, sich mit einer Jeans einzulassen.«

»Aber Coco«, sagte die Bluse, die wohl alles gehört hatte, »wir sind doch hübsch zusammen, ich bin doch lieber mit dir als mit der ollen Jeans.«

»Die olle Jeans ist ein flotter Feger«, sagte der Poncho, »die ist rumgekommen, genau wie ich.«

»Da möchte ich aber lieber nicht wissen, was Sie erlebt haben«, sagte das Dior-Kleid und machte eine abfällige Geste. »Vielleicht haben Sie ja zusammen mit Vicki in einer Bar gearbeitet oder noch Schlimmeres ...«

»Frechheit«, brummte Vicki, »ich habe nie in einer Bar gearbeitet. Es ist immer nur im Schlafzimmer passiert.«

»Wo auch immer«, sagte das Dior-Kleid. Dann zog es den Kragen hoch und deutete auf Benno, der eine Tüte mit einem weißen T-Shirt brachte. »Was kommt denn da noch für ein Plastiksack?«

Benno riss die Tüte gleich auf, und ein beißender Geruch stieg uns allen in die Nase.

»Ein Langoni«, seufzte das Dior-Kleid, »jetzt wird's billig.«

Benno beförderte das T-Shirt auf einen dünnen Drahtbügel und platzierte es zwischen die Jeans Patsy Blue und den Poncho.

»Da haben die zwei ja den richtigen Dritten im Bunde«, sagte die Bluse aus Wuppertal und drückte als Zeichen der Verbundenheit Coco ihre Manschette an den Rockbund. Coco strahlte über den ganzen Rock und freute sich von Herzen.

Das Langoni plapperte gleich los, und selbst der Poncho hatte große Mühe, es zu verstehen. »Heftige Bude«, sagte es, und als es den Kronleuchter erblickte, schrie es laut auf. »Wenn die anderen mich jetzt sehen könnten, die würden aber staunen«, kicherte das weiße T-Shirt.

Der Jeans war alles egal: »Solange amerikanische Baumwolle neben mir hängt, ist meine Welt in Ordnung«, sagte sie und plauderte gleich weiter mit dem wilden Poncho.

»Hier finden doch alle zueinander, egal aus welchem Material«, stöhnte das Dior-Kleid, um dann noch halblaut zu sagen: »Ein Umgang ist das hier, kennen noch nicht mal einen Kronleuchter. Langoni, wer möchte denn schon so heißen?« und sich theatralisch zu schütteln.

Ob ich jetzt wirklich ein Zuhause gefunden hatte? Wer wohnte denn nur in diesem feinen Zimmer? Es war so schön hier, aber ich fühlte mich noch immer einsam. »Ach, Veronika und Eric«, sagte ich leise, »wo bin ich nur gelandet? Ich möchte doch so gern ein Lieblingskleid werden.«

Als ob ich in meiner Verzweiflung erhört worden wäre, hing wie aus dem Nichts plötzlich Belinda neben mir. Ich hatte gar nicht bemerkt, wie der freundliche Benno sie neben mich platziert hatte. Aber jetzt spürte ich ihre große weiße Blüte an meinem Rückenteil und ihre freundliche Nähe.

»Du musst nicht traurig sein, liebe Anascha«, sagte sie, »du wirst dich schon noch daran gewöhnen, es kommt nicht immer so, wie es sich ein kleines rotes Kleid erträumt. Wünsche sind für uns Seelen aus vielen Fädchen keine Option, mein liebes Kind, wir sind nur die Wünsche der Menschen, verstehst du?« Belinda war ein wunderschönes Kleid und strahlte eine angenehme Ruhe aus.

»Du bist ein lieber Fummel«, sagte ich. »Danke, Belinda.«

Da musste Belinda lachen. »Ein Fummel«, sagte sie, »also, als einen Fummel hat mich noch keiner bezeichnet. Du bist ja ein Schätzchen, meine liebe Anascha. Ich freue mich, nicht mehr allein zu sein.«

»Belinda«, fragte ich vorsichtig, »kannst du mir erklären, warum hier alle ein Kostüm sein wollen, obwohl sie es nicht sind?«

»Ach Kind«, sagte Belinda, »das soll dir mal lieber der Eric erklären, der kann das besser.«

»Woher kennst du denn den Eric?«, fragte ich verwundert.

»Aber Anascha«, sagte Belinda, »wir wissen alle, wer Eric ist, er ist doch der Älteste von uns. Die Alten müssen geachtet werden, das gehört sich so, sie brauchen unseren Respekt, und wir brauchen ihre Erfahrung und Weisheit. Diese Alten wissen um die Kraft der Erfahrungen, und das verbindet uns übrigens mit den Menschen, nur haben die es im Vergleich zu uns vergessen…«

KAPITEL 7

Es vergingen zwei Tage, an denen ich Belinda immer besser kennenlernte. Sie erzählte mir von München und den Bergen und von dem Glück, ein Kleid zu sein. »Ein Kleid, Anascha«, sagte sie, »ist sich immer genug. Wir bekommen immer die uneingeschränkte Aufmerksamkeit, wir sind immer die erste Wahl für eine Frau.«

»Was meinst du mit erste Wahl?«, fragte ich Belinda.

»Wenn eine Frau sich sofort für dich entscheidet und sie genau weiß, dass ihr zusammengehört, das ist erste Wahl.«

»Bist du erste Wahl, Belinda?«

»Ich war erste Wahl bei einer Geschäftsfrau, aber

das ist schon etwas her, mein neues Zuhause ist ein Kostümfundus in München. Ein Kostümfundus ist ein Ort, an dem ein Kleid ein Kostüm wird«, sagte Belinda.

Sie musste meinen fragenden Blick richtig gedeutet haben, da sie noch ergänzte: »Du weißt aber auch gar nicht viel von unserer Welt. Wer war denn an deiner Seite, als du in der Nacht erwacht bist?«

»Es war ein Abendmantel aus Belgien, der wie ich von Galina genäht worden ist, sie heißt Veronika und war zur Reparatur da«, sagte ich. »Veronika ist eine Größe 36 und hatte eben Glück, da sie nicht dick ist wie ich«, fügte ich dann noch leise hinzu.

»Mein liebes Kind«, sagte Belinda, »du darfst doch nicht glauben, dass du dick bist, du bist wunderschön und hast einen perfekten Schnitt. Wir sind hier alle eine Größe 40, das ist doch unser Glück, da wir sonst doch gar nicht für die Hauptrolle ausgewählt worden wären.«

»Auch das Dior-Kleid?«, fragte ich erstaunt.

»Auch das Dior-Kleid ist eine Größe 40. Sie kommt aus Paris, aber sie ist nicht mehr und nicht weniger als du und ich«, sagte Belinda und drückte ihre schöne weiße Blume noch fester an mich. »Deine Veronika hat dir aber auch nicht die ganze Wahrheit gesagt. Du bist eindeutig eine Anfertigung, du wurdest extra für unseren Star gefertigt, und das ist auch der Grund, warum das Dior-Kleid sich wichtigmacht. Du bist etwas ganz Besonderes, das weiß jeder hier, nur du hast keine

Ahnung. Ach Anascha«, sagte sie beruhigend, »mach dir bitte keine Sorgen, du hast jetzt mich und den lieben alten Eric an deiner Seite. Wir werden auf dich achtgeben, wir passen auf dich auf. Jeder hat hier einen Traum, und die Ungewissheit steckt uns allen im Gewebe. Nimm doch mal die beiden dort drüben.« Sie deutete mit ihrem Ärmel auf die gegenüberliegende Kleiderstange. »Der Poncho und die Jeans da lieben sich heiß und innig und träumen schon davon, für einen Film nach Mexiko zu fahren. Das T-Shirt plappert ihnen immer dazwischen, weil es nicht allein sein möchte, und der Poncho hat schon bereut, dass das Langoni zu ihnen gehört, da er weiß, dass drei Teile es schwer haben zusammenzubleiben.«

Ich dachte noch lange über all das nach, was Belinda versucht hatte, mir zu erklären.

Als das blassblaue Nachthemd wieder einmal von seinem Bügel stürzte, damit ein Mensch es finden und aufheben konnte, fragte ich Belinda: »Warum sind die Nachthemden so abhängig von den Menschen?«

»So ein Nachthemd kommt ja nicht vor die Tür«, erklärte mir Belinda. »Es ist immer nur im Bett, und wenn es Glück hat, dann hat es einen hübschen Hausmantel zum Freund oder einen Bademantel. Und die Baumwollgewebe sind ja auch ständig in der Wäsche, das geht auf Dauer an die Faser. Da haben wir es besser, die Wolle und die Seide, die dürfen auch in die chemische Reinigung oder werden zum Lüften hinausgehängt. Gebügelt dürfen wir alle werden, wir brauchen die Wärme, damit wir schön bleiben – egal aus welchem Material wir sind. Manche von uns sind aus etwas genäht worden, das an einem Strauch gewachsen ist, wie das Nachthemd und die Jeans Patsy Blue, sie sind aus Baumwolle. Der Eric und ich sind aus Wolle, das ist das Haar der Schafe. Und der Poncho, der ist aus Polyester, das haben sich die Menschen in einem Labor ausgedacht.«

»Von einem Schaf«, sagte ich langsam und konnte kaum glauben, was ich da hörte. »Und aus was bin dann ich, bitte schön, liebe Belinda?« Ich hoffte sehr, nicht auch ein Schaf zu sein.

»Du«, sagte Belinda, »bist die Feinste von uns allen. Du wurdest gemacht aus dem Kokon eines Schmetterlings, und es grenzt an ein Wunder, dass dieser feine Faden zu einem Gewebe werden konnte. Die Chinesen haben es herausgefunden, und seitdem es Seide gibt, wollten die Menschen auf der ganzen Welt euch auf ihrer Haut tragen. Deine Freundin Veronika ist doch sicher auch aus Seide gearbeitet worden, und in euch schlagen noch immer die wunderschönen Flügel eines Schmetterlings. Egal wo ihr euch befindet, euch ist die Liebe der Menschen sicher, weil ihr so seid, wie ihr eben seid, etwas ganz Besonderes. Deine Veronika hat dir bei deiner Geburt wahrscheinlich nicht die ganze Wahrheit erzählt, weil sie Angst hatte, dass du vielleicht mehr geliebt werden würdest als sie. Ein Abendmantel endet immer an einer Garderobe, egal wie schön und kostbar er ist. Er behütet ein Seidenkleidchen, so eines, wie du es bist. Wir Kleider erleben viel mehr, da die Menschen uns erst ablegen, wenn auch sie alles erlebt haben.«

Ich hätte Belinda noch Stunden zuhören können, aber wir wurden jäh unterbrochen, da wie aus dem Nichts viele Menschen in unseren schönen Raum traten.

Ich konnte Henriette erkennen und ihre Kostümassistentin Lucie, die heute auch einen weißen Kittel trug. Der Regisseur und zwei weitere Männer in Anzügen begleiteten eine wunderschöne Frau, die lächelnd den Raum betrat.

»Na, was sagen Sie?«, fragte der Regisseur und strahlte über das ganze Gesicht. »Ihre Garderobe, Miss Jackson!« Er machte eine große Geste, indem er die Arme weit aufmachte und »Ihr Zuhause für die nächsten Wochen« rief.

Die schöne Frau sah sich mit großen Augen um und sagte etwas verlegen: »Danke, wie freundlich von Ihnen.« Sie war wirklich eine Erscheinung. Sie hatte wunderschönes, schulterlanges blondes Haar und trug einen weiten safranfarbenen Mantel und dazu ein weinrotes Strickkleid mit einem dunkelbraunen Ledergürtel. Sie sah aufregend aus und sehr mondän. Ihr Mantel hob leicht den Schalkragen und grüßte auf eine sehr lässige Art die gesamte Kleiderschar. Eine der Hosen auf unserer Stange hüpfte vor Begeisterung.

Sie begutachtete ihre Garderobe, und als sie für einen Moment nichts sagte, sondern nur aus dem

Fenster schaute, da verließen alle bis auf Henriette den Raum.

Jemand sagte: »Entschuldigen Sie, wir lassen Sie dann jetzt besser allein.«

Mehrmals hörte man: »Wie schön, Sie hier zu haben.«

Und auch immer wieder: »Bitte melden Sie sich, wenn Sie etwas brauchen.«

Als die Tür schließlich geschlossen wurde, ließ sich die schöne Frau auf das Sofa fallen, streckte ihre Arme und Beine aus und sagte: »Henriette, wo ist der Traum von Dior?«

»Das Kleid ist vor drei Tagen aus Paris gekommen, Miss Jackson, es hängt dort drüben.«

»Bitte nennen Sie mich doch Lavinia. Ich bin mir sicher, wir werden es gut zusammen haben.«

»Davon bin ich überzeugt«, sagte Henriette und lächelte erleichtert, da Lavinia Jackson eine wirklich liebenswerte Schauspielerin zu sein schien.

»Ich liebe dieses Kleid«, sagte Lavinia und zog das Dior-Kleid aus seiner Schutzhülle.

Es war wirklich ein weißer Traum, erst jetzt konnte ich erkennen, dass es mit Tausenden kleiner Kristallplättchen bestickt war. Es war ein Brautkleid, wie Belinda mir später erklärte.

»Ich musste es einfach haben. Von meinem Hotelzimmer in Paris konnte ich es in dem Schaufenster auf der gegenüberliegenden Straßenseite sehen«, schwärmte Lavinia Jackson. »Ich bin so froh, es in diesem Film tragen zu dürfen. Wie gut, dass ich eine Braut spielen darf. Sie müssen dafür sorgen, Henriette, dass ich und dieses Kleid diesen Film unbeschadet überstehen, denn ich möchte es mit nach Hause nehmen, es bekommt einen Ehrenplatz in meinem Kleiderschrank. Und wer weiß, ob ich nicht eines schönen Tages selbst einmal in diesem Traumkleid heiraten werde. Ist es nicht wie vom Himmel gefallen?«, sagte sie.

Und das war es auch. Das Dior-Kleid strahlte mit jedem seiner unzähligen Kristalle, und die feine Spitze an seinem Ausschnitt knisterte vor Glück.

Ich freute mich mit ihm – ein Zuhause, einen Kleiderschrank und einen Menschen, der es liebte! Mich hatte Lavinia leider nicht bemerkt, aber vielleicht kam mein Mensch ja auch bald?

KAPITEL 8

In dieser Nacht war ein Kleid sehr glücklich: das Dior-Kleid. Es konnte sich vor lauter Freude kaum beruhigen und sprach immer wieder die bewundernden Sätze von Lavinia Jackson nach.

»Vom Himmel gefallen bin ich!«

Keiner von uns wagte zu widersprechen.

In dieser Nacht sprang das blassblaue Nachthemd nicht von seinem Bügel, und auch der Poncho sprach nur das Nötigste.

Patsy, die Jeans, hatte nicht verstanden, warum wir

alle so beeindruckt waren. »Ich hoffe nur, dass sie ihre Beine und den Po auch in mich hineinbekommt«, sagte sie.

»Sie enden in einem eleganten Schrank in New York«, sagte Belinda zu dem Dior-Kleid. »Herzlichen Glückwunsch, Sie haben es geschafft, Sie haben alles, wovon wir nur träumen können.«

»New York«, rief da die Jeans, »haben Sie gerade New York gesagt?« Dabei riss eines ihrer vielen kleinen Löcher noch weiter auf. »Ich möchte auch zurück nach Amerika! Das ist *meine* Heimat. Warum darf das arrogante Dior-Kleid mit unserem Star nach Amerika reisen, und ich ende hier in einem Filmset?«

Die Jeans regte sich immer mehr auf, und der Poncho hatte große Mühe, sie wieder zu beruhigen.

»Take it easy«, sagte er, »wir hauen ab nach Mexiko, und dann ist es doch ein Kinderspiel für uns, nach Amerika zu kommen. Wirst schon sehen, Patsy.«

»Dann nehmt ihr mich aber auch mit«, rief das Langoni und fügte noch etwas auf Bengalisch hinzu.

»Die lassen dich da nicht einreisen«, sagte der Poncho. »Du kommst gar nicht durch die Kontrolle.«

»Natürlich lassen die mich in ihr Land, alter Poncho«, sagte das Langoni. »Ein T-Shirt ist in Amerika noch immer willkommen gewesen.«

Die Bluse aus Wuppertal wollte jetzt auch noch mitreisen, und Coco, der schwarze Rock, schmiedete ebenfalls Pläne, wie sie die Aufmerksamkeit von Lavinia Jackson auf sich ziehen könnte. »Wir bleiben hier in Deutschland, Anascha«, sagte Belinda. »Weißt du, du kommst zu mir nach München in den Fundus oder gehst mit Eric nach Berlin. Sobald sie dir eine Nummer in das Futter geschrieben haben, bist du eine von uns.«

»Aber was soll das bedeuten, eine Nummer im Futter?«, fragte ich Belinda.

»Jedes Kostüm hat eine Nummer, du bist dann Eigentum des Kostümfundus, sie werden dich in ihre Liste aufnehmen, und dann wirst du vermietet, wie die meisten hier von uns«, sagte Belinda.

Mir schossen die Tränen ins Gewebe, und ich versuchte, nicht laut loszuheulen.

»Aber Kind«, sagte Belinda, »ich hätte es dir vielleicht nicht sagen sollen, aber wer weiß schon, ob du den Eric noch einmal wiedersehen wirst, er hätte es dir wahrscheinlich schonender beigebracht.«

Ich möchte keine Nummer, und schon gar nicht möchte ich vermietet werden. In dieser Nacht hing ich noch lange wach auf meinem Bügel, und hätte ich nicht die liebe Belinda neben mir gehabt, dann wäre ich bestimmt auch gesprungen wie das Nachthemd. Einfach gesprungen.

»Guten Morgen, Frau Schneider«, sagte eine junge Frau, die am nächsten Tag mit unzähligen Taschen beladen in unsere Garderobe kam. »Mein Name ist Anne, ich bin die persönliche Maske von Lavinia Jackson«, stellte sie sich vor.

Henriette hielt ihr freundlich die Hand hin und sagte: »Anne, jetzt müssen Sie mir noch verraten, warum Sie so gut Deutsch sprechen?«

»Ich bin doch auch aus Holland, genauso wie Lavinia, wir wurden beide in Amsterdam geboren. Lavinias Vater war amerikanischer Botschafter in den Niederlanden. Und mein Vater arbeitete in seinem Ministerium. Wir sind Freunde seit frühster Kindheit«, sagte Anne, dann küsste sie Henriette einmal rechts und links und zum Abschluss noch einmal rechts auf ihre Wange.

Henriette guckte erstaunt und rückte ihre große blaue Brille etwas verlegen auf ihrer Nase hin und her.

»Wir küssen immer drei Mal«, sagte Anne lachend, »dann hält es besser.«

»Ja, das habe ich gemerkt«, sagte Henriette, die es offenbar nicht gewohnt war, dass sie geküsst wurde. »Aber warum Sie so gut Deutsch sprechen können, weiß ich immer noch nicht«, sagte Henriette.

Anne lachte. »Oh, stimmt! Aber ich interessiere mich viel mehr für Ihre hübschen Klamotten«, sagte sie und stürmte auf den Poncho zu. »Abgedreht! Das ist ja mal ein verrücktes Teilchen, der sieht aber toll aus. Star müsste man sein, dann hinge die Bude immer voll mit hübschen Dingen.«

Anne musterte die Jeans und die Bluse, fuhr mit ihrer Hand durch die Reihen. Das Kleid von Dior würdigte sie keines Blickes.

»Das ist aber mal eine schöne Farbe!«, rief sie, als sie mich etwas verdeckt hinter Belinda erblickte. »Ich liebe Rot!« Sie streichelte vorsichtig über meine Seide. »Was würde ich geben, wenn ich so ein hübsches Kleid haben könnte.«

Belinda drückte ihre Blüte jetzt ganz fest an meine Seite und flüsterte: »Die Maskenbildnerin liebt dich, vielleicht kommst du ja mal nach Amsterdam.« Dann fügte sie noch hinzu: »Das ist gar nicht weit von Belgien entfernt, glaube ich.«

Ich strahlte über mein ganzes Gewebe. »Amsterdam«, sagte ich, »das wäre fein!«

An diesem Tag war wirklich viel los. Menschen kamen und gingen, ständig wurde telefoniert, und immer wieder wurde Tee mit Ingwer gebracht, den aber keiner anrührte. Alle warteten auf den Star.

Henriette hatte die Garderobe für Deborah Winter neben ihrem Kostümbüro eingerichtet, um schneller bei ihr sein zu können, wenn es erforderlich war. Der Raum lag genau gegenüber von Lavinias Garderobe, sodass wir von unserer Stange einen guten Blick hatten, wenn die Tür offen stand.

Deborah Winter war eine Frau Mitte fünfzig und hatte in unzähligen Hollywood-Produktionen mitgewirkt, erklärte mir Belinda, die schon mal in einem Film mit ihr mitgespielt hatte. Sie war eine attraktive Frau, doch von ihrem Alter sprach bei diesem Film keiner laut. Sie spielte ihre erste Rolle als Mutter, und es hatte ihren Agenten und die Produktionsfirma einige Wochen und vermutlich einige Millionen Dollar gekostet, um sie von dieser neuen Aufgabe zu überzeugen, so tuschelte man unter den Textilien. Außer den Millionen hatte angeblich auch der Umstand, dass eine noch relativ unbekannte Schauspielerin ihre Tochter darstellen sollte, dazu beigetragen, dass sie dieser Produktion zugesagt hatte.

»Stars sind wie viele Frauen«, sagte Belinda, »sie wollen nicht altern, und weil sie nicht altern wollen, sind sie nicht sehr begeistert, einer Jüngeren Platz zu machen.«

Deborahs Garderobe war groß und in einem zarten Puderton eingerichtet, und sanftes Licht verbreitete eine angenehme Stimmung. Deborah liebte anscheinend die Farbe Rosa, ebenso wie einen Champagner in dem gleichen Ton, der gerne schon am Morgen von ihr getrunken wurde. Als Deborah Winter ihre Garderobe betrat, schwankte sie etwas, was sie aber sogleich auf den weichen Teppich und ihren zu langen Hosensaum zurückführte. Deborah trug eine weite elfenbeinfarbene Hose, und jeder im Raum konnte sehen, dass diese Hose ein Problem hatte.

»Ist die betrunken?«, fragte die Bluse aus Wuppertal.

»Das habe ich gehört«, rief die elfenbeinfarbene Hose. »Wissen Sie, wir sind Hypotonikerinnen, Deborah und ich.«

»Was sind Sie?«, fragte Coco. »Was ist denn eine Hypotonikerin?«

»Das ist, wenn man nicht genug Fadenspannung hat«, antwortete die Hose. »Wir brauchen morgens ein Schlückchen zum Frühstück, damit wir in Schwung kommen.«

Die Bluse aus Wuppertal sagte: »Ich kannte mal einen Blazer, der war reinigungssüchtig, na ja, Sie wissen schon, chemische Produkte sind für labile Textilien immer eine Versuchung.«

In dem Moment fragte Deborah Winter eher beiläufig: »Sagen Sie, Henriette, haben Sie dieses holländische Mädchen schon gesehen, diese Lavinia?« Sie nippte dabei tatsächlich an einem Glas mit rosafarbenem Champagner. »Sie soll etwas pummelig sein, die Kleine.«

Deborah Winter lächelte überheblich, und ein Schluck Champagner spülte vermutlich die Unsicherheit weg, denn wir alle wussten, dass diese junge Schauspielerin begabt sein musste.

Henriette Schneider hatte sicher schon zu viel beim Film erlebt, um gleich am ersten Tag Feuer zu legen. Sie löschte den Brand der glühenden Eifersucht, die sogar ich von meinem Kleiderständer aus sehen konnte, indem sie Deborah ein schwarzes Kleid mit einem tiefen Ausschnitt und eine schicke Perlenkette präsentierte.

»Frau Winter, mit den besten Grüßen vom Juwelier, sollte dieses Prachtstück zum Einsatz kommen, dann soll ich Ihnen einen lieben Gruß bestellen, und Sie können diese Kostbarkeit mit nach Hause nehmen.«

Die Aussicht auf so ein großzügiges Geschenk ließ Deborah Winter gleich vergessen, dass sie die Mutter spielen sollte.

Das schwarze Kleid war schmal geschnitten, und sein feines Material war eine Mischung aus Wolle und Seide. Es wirkte etwas überheblich und konnte es sich nicht verkneifen, sich auch so zu benehmen.

»Herzlich willkommen, meine lieben Kollegen«, sagte es mit einer sanften und verführerischen Stimme. Es sprach durch seinen tiefen Ausschnitt, und weil der Ton so dunkel und voll klang, hielten alle anderen für einen Moment den Mund.

Diesen kurzen Moment der Stille nutzte eine Schlankhose, um auf sich aufmerksam zu machen. »Wir werden perfekt zusammen sein, mit meiner Unterstützung werden wir die Gute schon weichzeichnen.« Dann lachte sie wissend, und weil sie aus hundert Prozent Polyester und so extrem dehnbar war, hörte sie sich an, als ob sie durch eine Röhre gesprochen hätte.

»Du musst jetzt sehr stark sein, du kleines enges Ding«, sagte ein rosa Morgenmantel. »Ich brauche dich nicht. Ein Morgenmantel schützt die Wahrheit, die Schummelei geht dann später erst mit dir los. Mit dir kam die Lüge in den Kleiderschrank.« Dann lachte er, und sein kleiner Seidengürtel hüpfte noch Sekunden vor Vergnügen.

Die anderen Textilien lachten herzlich mit, und eine Steppweste aus einem Fleecematerial konnte sich vor Freude kaum auf ihrem Bügel halten.

»Was denken Sie denn dann, was ein Korsett ist, gnädige Frau?«, fragte ein malvenfarbener Tellerrock aus Jersey den Morgenmantel.

»Ein Korsett ist doch wohl etwas anderes, richtig genäht und mit unendlich viel Handarbeit gefertigt, das können Sie doch nicht mit diesen gestrickten Dingern vergleichen.«

»Lassen Sie es gut sein«, rief die Spanks dem Tellerrock zu, »ich bin halt modern, und der alte Morgenmantel ist von gestern.«

»Eine Mutter zu spielen ist eine nicht zu unterschätzende Aufgabe«, sagte Deborah, während sie mit der Perlenkette spielte. »Haben Sie schon diesen Finn Farhay gesehen? Sieht ja toll aus, der Bursche.«

Als sie das sagte, richtete sie sich gedankenverloren etwas vor ihrem Schminkspiegel auf, drückte ihr volles Dekolleté etwas hin und her und meinte schließlich: »Ist doch noch alles da, wo es hingehört. Junge Männer lieben doch reife Frauen, was denken Sie, Henriette?«

Henriette Schneider lächelte respektvoll und lenkte die Aufmerksamkeit auf die wunderschönen Kostüme, die fein säuberlich auf einer bronzefarbenen Kleiderstange hingen. Der weiße Blazer hing in doppelter Ausführung nebeneinander, es war der Wäscherei wohl geglückt, den großen Kaffeeflecken restlos zu entfernen.

»Sie werden umwerfend aussehen, vermutlich werden Sie die aufregendste Mutter der Filmgeschichte«, sagte Henriette Schneider und zog dabei mit einer übertriebenen Geste der Bewunderung ihre große Brille etwas herunter.

»Sie sind ein Darling«, säuselte die Wertgeschätzte und füllte erneut ihr Glas.

Henriette winkte freundlich ab und schloss mit einem eiligen »Bis später!« die Tür der großen Garderobe, als Lucie ihr durch einen Blick andeutete, dass Lavinia Jackson gerade am Set eingetroffen war.

»Gut gemacht, Lucie«, sagte Henriette, sichtlich erleichtert, da ein erstes Treffen der beiden Schauspielerinnen wohl besser nicht in der offenen Tür einer Garderobe stattfinden sollte. »Ist in Lavinias Garderobe alles in Ordnung, sind die Tulpen endlich angekommen, die gestern schon hätten da sein sollen?« Sie zupfte an ihrem weißen Kittel.

»Ja. Die Blumen sind auf ihrem Tisch und auch etwas Käse«, sagte Lucie.

»Den nehmen Sie sofort raus, Lucie, doch keinen Käse, wie sieht das denn aus?«, sagte Henriette sichtlich besorgt.

»Aber die Garderobe von Deborah Winter hat sogar einen Kühlschrank mit Champagner!«

»Deborah Winter ist, um es einmal vorsichtig auszudrücken, etwas geschmeidiger, wenn sie weiß, dass es noch Champagner gibt. Ich denke, dass Lavinia Jackson sehr gut ohne Gouda leben kann. Lucie, Sie sollen die perfekte Kostümassistentin für sie sein und nicht ihre Ernährung übernehmen. Es gibt ein Catering, verstanden?«

»Okay, okay«, murmelte Lucie und dann eher zu sich, »die sieht aber aus, als ob sie gern Käse isst.«

»Ich hab das gehört, Lucie«, rief Henriette Schneider und schüttelte im Weggehen den Kopf.

In unserer Garderobe war es still, nur ein langgezogenes »Diiioooor« summte durch den Raum. Das Kleid von Dior meditierte noch.

Dann kam Lavinia herein, und Henriette nutzte die Gelegenheit, um sie über die bevorstehende Anprobe zu informieren. »Lucie und ich werden Sie jetzt erst einmal etwas in Ruhe lassen, fühlen Sie sich so wohl, wie Sie nur können. Sollten Sie etwas benötigen, lassen Sie es uns wissen«, sagte Henriette und deutete Lucie an, auch den Raum zu verlassen.

Lucie folgte der Anweisung nur widerwillig.

»Lucie, bitte respektieren Sie immer auch die Privatsphäre unser Schauspieler«, sagte Henriette, als sie draußen waren.

»Ich habe noch einiges auszupacken und zu beschriften«, mäkelte Lucie, »und überhaupt ist sie noch gar kein Star, wer kennt die schon?«

»Wie bitte? Ich möchte nicht noch mal so etwas Ungehobeltes von Ihnen hören. Lavinia spielt hier eine große Haupttrolle, und genau so möchte ich sie behandelt wissen, haben Sie mich verstanden?« Henriette schaute ernst und ergänzte noch: »Lucie, was ist denn mit Ihnen los, ich kenne Sie so gar nicht. Wenn es sich immer noch um Finn Farhay handelt, dann sollten Sie einsehen, dass Ihr Platz hier ist. Haben Sie mich verstanden, Lucie?«, wiederholte Henriette Schneider, und ein kurzes Kopfnicken erlöste Lucie aus dieser Situation.

Kurz darauf betrat Anne die Garderobe. Lavinia strahlte, und die beiden jungen Frauen fielen sich in die Arme.

»Ach«, sagte Lavinia, »wie bin ich froh, dich hierzuhaben, ich freue mich so auf diesen Film.«

»Frag mich mal, ich habe gerade auf dem Flur Finn getroffen, er hat ›hi‹ gesagt«, erzählte Anne und grinste dabei über beide Ohren.

Dann mussten beide herzlich lachen, und Lavinia ließ sich rücklings auf den Diwan fallen.

»Wie sieht er aus?«

Anne schmückte die kurze Begegnung auf dem Flur farbenprächtig aus, und die beiden jungen Frauen schienen sich wirklich sehr zu freuen.

»Wer hätte gedacht, dass ich mal so eine große Rolle mit ihm spielen darf, und mit Deborah Winter! Ich bin so aufgeregt, Anne. Und schau dir mal diese elegante Garderobe und diese wunderschönen Kostüme an.«

Lavinia strahlte über ihr wunderschönes Angesicht, und ein jedes von uns Kleidern konnte sehen, dass sie ein sehr freundlicher Mensch war.

Seltsam, dachte ich, jetzt dreht sich hier alles um sie, und sie ist doch auch schon ein Star, warum sie sich wiederum so für die anderen begeisterte, war mir ein Rätsel. Unser Star, das Dior-Kleid, schwärmte nur von sich selbst, es hatte vergessen, dass es auch uns gab.

»Warum brauchen die Menschen noch andere Menschen, die haben doch uns?«, fragte ich Belinda.

»Weil sie *einander* brauchen, Dummerchen. Sie können sich im Vergleich zu uns entscheiden, sie können eigentlich machen, was sie wollen. Tun sie aber nicht, da sie sich immer an ihrem Gegenüber messen. Wir Kleider werden von ihnen geschaffen, uns brauchen sie zwar auch, aber wir sind ihnen ausgeliefert, sie können uns austauschen und ersetzen, wann immer sie wollen«, sagte Belinda.

»Aber Lavinia Jackson kann doch alles haben«, sagte ich, »dann kann sie doch auch diesen Finn haben. Sie hat sich doch auch dieses Dior-Kleid ausgesucht.«

Belinda lächelte. »Aber nein, Menschen können keine anderen Menschen besitzen, Anascha«, sagte sie. »Sie bilden es sich nur manchmal ein, dann sind sie wie das blassblaue Nachthemdchen auf der Suche nach Zuneigung und Liebe.«

Für einen Moment wurde es ganz still, und da sagte das blassblaue Nachthemd: »Ach, ich wäre so gern ein Kleid von Dior …«

»Da hörst du es«, sagte Belinda mit einem verständnisvollen Lächeln. »Nachthemdchen und Menschen wären immer gern etwas anderes.«

»Auch ein Kleid von Dior braucht einen Menschen, der es beachtet«, hörte ich auf einmal Eric sagen.

Eric war da! Er kam zusammen mit einem schönen jungen Mann, der ihn am Körper trug. Der alte Eric stand ihm ausgezeichnet, und die Menschen und die Kleidung im Raum freuten sich unabhängig voneinander.

»Ich möchte es doch nicht versäumen, mich gleich bei Ihnen vorzustellen, Lavinia«, sagte der Mann. »Es ist mir eine große Freude, Sie kennenzulernen. Wir werden sicher gute Freunde werden.« Dann reichte er Lavinia die Hand und drehte sich leicht zu Anne. »Wir hatten ja schon das Vergnügen, wenn ich mich nicht irre.«

»Richtig, Mr Farhay. Ich bin Anne, Lavinias Maske.«

»Da haben Sie ja nicht viel zu tun, wenn ich mir Lavinia so anschaue. Bei mir wird es wohl etwas länger dauern.« Dabei lachte er etwas verlegen. »Und was sagen die Damen zu meinem Kostüm? Ein schwerer alter Mantel an einem Schauspieler, der seinen Text noch nicht ganz kann?« Er machte eine übertriebene Verbeugung und drehte sich wie ein Akrobat um die eigene Achse.

Die beiden Frauen kicherten, und Eric drückte mir ein Knopfloch zu und flüsterte: »Siehst du, mein Kind, wir sehen uns immer wieder, und ich bin froh, dass du neben Belinda hängst, ihr versteht euch sicher gut.«

Dann zog der junge Schauspieler den Eric aus und legte ihn auf einen Sessel, der direkt neben uns stand. Ich war so glücklich, Eric, mein lieber Eric, war wieder da.

»Ich habe ihr bereits erklärt, dass sie ein Kostüm ist«, sagte Belinda zu Eric. »Sie hat einfach nicht aufgehört zu fragen … Wie hätte ich denn ahnen können, dass wir dich heute schon wiedersehen.«

»Ist schon gut, liebe Belinda«, sagte Eric, und selbst das Dior-Kleid wünschte ihm einen schönen guten Morgen.

»Kinder, ihr habt es aber richtig gemütlich hier«, sagte er und deutete mit einem Ärmel leicht auf die vielen hübschen Spiegel. »Da kann ich mir schon gut vorstellen, dass ihr Kleidchen über so viele Spiegel mächtig erfreut seid, wo ihr doch so gern betrachtet werdet.«

»Ich bitte Sie, liebster Eric«, sagte das Dior-Kleid. »Die einzigen Spiegel, die uns etwas bedeuten, sind doch die Augen der Menschen.« Gerührt von seiner eigenen Weisheit und Selbstlosigkeit zitterte das Kleid ein wenig.

Lavinia und Finn setzten sich zusammen an den kleinen Tisch, der gegenüber dem Diwan stand, und besprachen einige Details zu ihren Rollen. Lavinia war offensichtlich bemüht, sich betont lässig zu geben, was ihr aber nur mäßig gelang, da ihre Wangen vor Aufregung glühten. Finn war ein freundlicher Mann und augenscheinlich ein erfahrener Schauspieler, er konzentrierte sich auf die Arbeit.

Anne verließ den Raum, und Lucie brachte ein Tablett mit einer Kanne heißen Ingwertee.

»Mein Name ist Lucie. Ich bin ein großer Fan von Ihnen«, brach es aus ihr hervor.

»Freut mich, Lucie«, sagte er mit seinem schönen amerikanischen Lächeln und widmete sich dann wieder dem »Drehbuch«, wie er es vorher genannt hatte.

»Ich werde Sie rufen, wenn ich Sie brauche«, sagte Lavinia, »und danke für den Tee.«

Lucie verließ etwas zu langsam den Raum, sodass Lavinia noch einmal »Danke, Lucie« sagen musste.

»Was trinkst du denn da«, scherzte Finn, und dann hatte er auch schon einen Schluck genommen. »Köstlich«, rief er laut und spitzte die Lippen. »Lavinia, in deiner Garderobe könnte ich es aushalten.«

Die beiden verstanden sich prächtig und verkrochen sich weiter in ihre »Drehbücher«.

»Eric«, fragte ich, »was ist denn nur ein Drehbuch?«

»Siehst du«, sagte Belinda mit einem etwas hilflosen Blick, »sie stellt Fragen über Fragen. Was sind Kostüme? Was sind Drehbücher? Ich bin so froh, dass du jetzt wieder da bist, dann erkläre du ihr doch besser mal unsere Welt.«

Eric streckte sich noch einmal in seinem gemütlichen Sessel, dann hob er den Kragen und sagte: »Dann wollen wir dem hübschen Fräulein Anascha erst mal erklären, was ein Kostüm ist.«

»Aber das weiß ich doch schon längst«, antwortete ich, »Johanna aus Fulda ist ein Kostüm, sie besteht aus einem Blazer und einem Rock.«

»Da hast du vermutlich recht, wenn die beiden aus

dem gleichen Stoff gearbeitet sind, aber ganz so einfach ist es nicht«, sagte Eric und fing an zu erzählen.

Ich lehnte mich in meinen Bügel und lauschte seiner warmen Stimme…

KAPITEL 10
Eric erzählt

»Es gab eine Zeit, da fingen die Menschen an, sich Kleider zu nähen, vermutlich war ihnen kalt, oder sie mussten sich vor der Sonne schützen. Vielleicht waren die Menschen auch nicht gern immerzu nackt, was ein Glück für uns ist! Es gefällt den Menschen, sich zu schmücken, egal wo sie auf diesem Planeten leben. So vielfältig ihre Kleider auch waren, sie hatten alle etwas gemein. Sie machten die Menschen glücklich. Und das tun sie auch heute noch. Es muss ein schönes Gefühl sein, wenn ein Mensch sich um einen anderen sorgt und als Zeichen seiner Zuneigung etwas Stoff zusammennäht oder aus Fäden etwas Gemütliches strickt.

Sobald ein Mensch mit seinen Händen und seinen Gedanken etwas näht, strickt oder häkelt, wird es lebendig. Warum genau auch wir eine Seele haben, das weiß niemand, aber nicht einmal die Menschen können erklären, warum sie selbst eine haben. Wir Kleidungsstücke leben nur mit ihnen, weil sie uns erschaffen und weil es unsere Aufgabe ist, bei ihnen zu bleiben.«

Das Dior-Kleid verdrehte den Ausschnitt. »Also, meine Aufgabe ist das sicher nicht!«, sagte es hochmütig.

»Ruhe bitte«, sagte Belinda. »Eric erklärt Anascha das Leben.«

»Einige Menschen behandeln uns schlecht«, sprach Eric weiter, »sie lassen uns auf dem Boden liegen, schmeißen uns in die Ecken oder vergessen uns in den letzten Winkeln ihres Lebens. Sie wissen nicht, dass wir ein Herz aus Fäden haben.

Zum Glück sind die meisten Menschen aber gut zu uns. Ihre Fürsorge lässt uns existieren, und sie sind es, die für uns sorgen müssen. Eine kleine feine Wäsche, eine schonende Reinigung, ein Bügeleisen, das uns glättet, und hilfreiche Hände, die uns auf Bügel hängen… Wir werden gern gefaltet, und ein Lavendelsäckchen schützt uns vor den Motten, die uns ans Gewebe wollen. Aber auch wir können nicht ewig leben. Eines guten Tages werden auch wir vergehen, wie alles, was einmal leben durfte.

Die Menschen tragen uns schon als Baby und als Kind, sie wachsen aus uns heraus, und wenn sie groß sind, dann erinnern sie sich manchmal an uns, aber meistens nicht. Dann wissen sie auch nicht mehr, warum eine bestimmte Farbe ihr Leben begleitet, warum sie Blau so mögen oder warum ihnen Streifen gut gefallen. Aber in ihrem Unterbewusstsein sind wir sind ein Teil ihrer Erinnerungen.

Sie verlieben sich in schwingende und freche kurze Miniröcke. Manche mögen Jeans so gern, dass sie nur auf Menschen achten, die auch welche tragen und genauso aussehen wie sie selbst. Es gibt aber auch Männer in Anzügen, die sich am wohlsten fühlen, wenn sie andere Menschen in Anzügen treffen. Sie lieben es, wenn sie ein Teil einer Gruppe sind und sich uniformieren können.

Ich bin auch eine Art Uniform, Armeemäntel wurden früher geschaffen, damit die Menschen erkennen, wer ihr Feind ist und wer ihr Verbündeter. Verrückt sind die Menschen!

Einige von ihnen brauchen uns so sehr, dass sie immer mehr von uns wollen. Sie horten uns in ihren Schränken und wissen manchmal gar nicht mehr, dass es uns gibt. Wenn sie nackt sind, dann fällt es ihnen schwerer, sich zu erkennen, dann sehen sie irgendwie alle gleich aus.

Heute wollen viele Menschen, dass wir nicht zu groß sind. Sie glauben, dass die Kleidergröße das Wichtigste ist, obwohl es ja ihr Körper ist, den wir bedecken. Wir können nichts dafür, wenn sie zunehmen, aber sobald sie schmaler geworden sind, geben sie uns einfach weg und wollen nicht mehr an uns erinnert werden.

Und jetzt zu deiner Frage, liebe Anascha. Kostüme sind manchmal wie deine Johanna, ein Blazer und ein Rock. Aber auch sie können noch viel mehr sein, als in Fulda in einem Schrank zu leben. Auf der Bühne und beim Film werden aus Kleidungsstücken nämlich eine andere Art von Kostümen. Die Schauspieler nutzen uns, um besser in ihre Rolle schlüpfen zu können. Ein Mantel, wie ich einer bin, wurde nicht genäht, um in den Krieg zu ziehen. Nein, ich wurde in London von einer Kostümschneiderin erschaffen – das weißt du ja schon. Der liebe Lothar zum Beispiel wurde genäht, damit er einen Menschen schön warm durch sein Leben bringt.«

»Da hast du allerdings recht, lieber Eric«, sagte Lothar, »ich hätte es nicht besser formulieren können.« Weil er so lange die Aufmerksamkeit der Menschen vermisst hatte, hüstelte er etwas verlegen, da er nicht wollte, dass die anderen Kleidungsstücke sahen, dass seine Druckknöpfe etwas feucht waren. »Schön warm soll ich die Menschen halten, schön warm.«

»Bei mir aber«, fuhr Eric fort, »war von Anfang an klar, dass ich auf die Bühne gehöre. Bei vielen von euch ist es etwas anderes, ihr wurdet genäht für die Menschen, für ihr tägliches Leben. Aus jedem Kleidungsstück kann eben auch ein Kostüm werden, aber nur, wenn die Menschen ihre Geschichten sichtbar machen wollen.

»Ich werde nie ein Kostüm werden«, brach es aus dem Dior-Kleid heraus. »Für mich ist das hier maximal ein Gastspiel, ein kurzes Intermezzo mit normalem Gewebe. Wenn das hier vorbei ist, geht es für mich schnell in einen gepflegten Schrank, oder meine Familie holt mich nach Paris zurück.«

Eric ignorierte diese Bemerkung, und ein jeder von uns spürte, dass auch das Kleid von Dior im Inneren ihres Gewebes wusste, dass auch sie ein Kostüm werden würde.

»Weißt du, Anascha«, fuhr Eric fort, »wir sind so verschieden. Einige von uns bezeichnen die Menschen als Dienst- oder Arbeitskleidung. Wir gehen dann mit ihnen zur Arbeit und helfen den Menschen, ihren Berufen nachzugehen. Wir sind die Uniform einer Stewardess, arbeiten in einem Hotel oder in einem Zug, machen aus einem Mann einen Polizisten, und ein Schornsteinfeger wird erst durch uns zu einem Glücksbringer. Wir helfen den Bauern bei der Feldarbeit und schützen sie vor Staub und Schmutz.

Wenn sie uns dann nicht mehr wollen, werden wir abgelegt und vergessen. Wir werden in Secondhandläden weiterverkauft oder landen in der Altkleider-Sammlung. Viele enden auch als Putzlappen oder vergehen mit der Zeit. Wenn wir aber ein Kostüm werden, dann bekommen wir eine eigene Nummer und gehören dem Fundus, dem Kostümfundus!

Wir leben dann in großen Hallen. Menschen wie Henriette und ihre Assistentin Lucie laufen durch die Gänge und wählen uns aus für die Rollen der Schauspieler. Dann landen wir an einem Set. So nennen die Menschen den Ort, an dem sie ihre Filme machen. Wir sind hier an einem Set. Eine Schule auf dem Land, die in den Sommerferien von unserem Filmteam genutzt wird. Es kann aber auch ein Theater, eine Filmproduktion, die Werbung oder ein Opernhaus sein, das uns ausleiht. Ich war schon an vielen Theatern und habe zusammen mit meinen Menschen unzählige Rollen gespielt und bereits einige Preise mit ihnen gewonnen …«

Er hielt für einen Moment inne. Ich spürte, wie er den Erlebnissen seines langen Lebens noch einmal nachhängen wollte.

»Das Theater ist ein Zauberort«, sagte er dann ganz leise, »da kommen die Menschen zusammen, sitzen eng beieinander, genauso, wie wir Kleidungsstücke auf unseren Stangen hängen, Schulter an Schulter. Sie hören und sehen Geschichten, es gefällt ihnen, denn sie wissen in diesen Momenten, dass es eben auch ihre eigenen Geschichten sind, die auf der Bühne von Schauspielern und Sängern nacherzählt werden. Diese Geschichten können sie nur in ihren Erinnerungen bewahren, sonst sind sie für immer verloren.

Ein Theaterstück lebt nur für den Moment und ist an jedem Tag der Aufführung einmalig. Ein Theaterstück ist sehr vergänglich. Das Theater hat die Freiheit, den Menschen den Spiegel vorzuhalten, es holt die Welt auf eine Bühne. Es ist völlig unerheblich, ob die Bühne klein oder groß ist, es ist immer nur dieser Ort, an dem vom Leben der Menschen erzählt wird. Und was glaubst du, was sie sehen, liebe Anascha?

Sie sehen uns! Dich und mich, die schöne Belinda mit ihrer weißen Blume, den hübschen Ulrich und die großartige Hannelore, sogar deine Veronika aus Brüssel wäre vermutlich auch gern einmal ein Kostüm in einem Theaterstück!

In der Oper ist es noch einmal etwas anders, da sind die Menschen vereint mit der Musik! Sie haben manchmal Tränen in den Augen und öffnen ihre Münder, ohne zu sprechen. Die Musik bedeutet den Menschen viel, sie hören, was sie dann mit dem Herzen verstehen.

Weißt du, Anascha, du musst sehr glücklich sein, denn du wirst niemals mehr vergessen werden als Kostüm! Du wirst ein Teil von einem Film werden – unserem gemeinsamen Film. Der Film, und jetzt höre gut zu«, ermahnte er mit einer großen Geste, indem er seinen mächtigen Kragen hochstellte, »ist etwas für die Ewigkeit! Filme können sich die Menschen wieder und wieder anschauen, ist das nicht wunderbar, mein Kind?

Ein sehr berühmter Dichter und Theaterfreund, Oscar Wilde, hat einmal gesagt: ›Schönheit steht höher als das Genie, denn sie verlangt keine Erklärung.‹«

»Der olle Mantel hat aber auch nicht mehr alle Fäden beisammen«, flüsterte ein Langoni einem anderen zu. »Ich hänge mich an den Poncho, und dann ab nach Amerika!« Die Langonis kicherten, und eine Unruhe breitete sich in den Kisten aus.

Eric strahlte jetzt vor Glück. Er machte eine kleine Pause, und genau in diesem Moment sprang das Nachthemdchen vom Bügel.

»Entschuldigung, ich habe das Gleichgewicht verloren«, sagte es, und jeder wusste, es wollte näher bei Eric liegen. »Erzähle ihr doch bitte noch, was ein Drehbuch ist«, forderte es den alten Armeemantel auf.

»Schon gut«, brummte er und tat noch einmal einen

tiefen Atemzug, um dann mit sanfter Stimme fortzufahren.

»Drehbücher sind Bücher, die sich um Menschen und ihre Geschichten drehen. Weißt du, Anascha, ohne ein Drehbuch wüsste kein Schauspieler, was er zu tun hätte. Ein Drehbuch gehört zu einem Film, wie du und ich.

Übrigens bist du ein Kostüm für die Hauptdarstellerin, und somit bist du auch ein Star, verstehst du?«

»Also, jetzt springen mir aber gleich die Kristalle von der Schulter! Der Star bin ja wohl immer noch ich hier, verehrter Mantel«, rief das Dior-Kleid. Es bauschte die Stoffbahnen und ärgerte sich.

»Weißt du, mein Kind, es gibt so unendlich viele Kleider auf dieser Welt, die würden sich sehr freuen, ein Kostüm sein zu dürfen. Das wird das Kleid von Dior auch noch verstehen.«

Es war einen Moment ganz still, und ein jeder in dieser Garderobe dachte über das Gesagte nach.

Dann raschelte Belinda ganz leicht mit ihrer weißen Blüte, sodass alle zu ihr schauten. »Es ist aber auch sehr schön, ein Kleid in einem privaten Kleiderschrank zu sein«, sagte sie. »Verstehe mich bitte nicht falsch, Eric. Ich kenne beide Seiten. Ich war ein Kleid in einem Schrank und habe es genossen. Ich möchte nur, dass Anascha weiß, dass es etwas Schönes ist, ein Kostüm zu sein, in Rollen zu schlüpfen, aber ein Zuhause bei einem Menschen zu haben ist doch das, was ein Modellkleid sich von ganzem Herzen wünscht!«

Eric machte eine lange Pause, er dachte über Belindas Worte nach. »Du magst sicher recht haben«, sagte er dann, »aber ich kenne es nicht anders, der Fundus ist eben mein Zuhause.«

»Jetzt ist es unser gemeinsames Zuhause«, sagte Belinda, »und da ist noch Platz für dieses kleine, hübsche rote Kleid.« Dann kuschelte sie sich an mich.

Und alle schwiegen gerührt, denn diese Sehnsucht nach einem Zuhause hatte wohl jeder von uns in seinen Fasern.

»Ja, so ist es«, sagte Eric, »und nun wollen wir mal aufhören mit diesen ganzen Geschichten. Zuhause ist da, wo unser Bügeleisen steht, fertig. Wir sollten uns jetzt etwas ausruhen, bevor es gleich richtig losgeht. Anascha muss erst einmal alles verarbeiten, was ich ihr erzählt habe. Es reicht für heute, meine Kleine. Und übrigens…«, sagte er dann ganz leise, »…ich weiß nicht, ob du es schon gehört hast, aber manchmal werden wir von den Schauspielern mit in ihr Zuhause genommen, sie können uns kaufen am Ende einer Filmproduktion. Kostümverkauf nennen die Menschen das.« Er machte eine lange Pause, und jeder hörte, wie seine alten Nähte leicht seufzten. »Aber«, sagte er dann, »ich werde wohl immer in einem Kostümfundus bleiben. Wer braucht denn schon einen alten Armeemantel?«

Es wurde ganz still, und keiner sagte auch nur noch

einen Pieps. Nur das Dior-Kleid kicherte überheblich und ließ eine Perle fallen …

Ich möchte lieber nach Belgien ziehen, dachte ich und träumte von meinem eigenen Kleiderschrank und einem Zuhause. Ach, wenn sich Lavinia Jackson doch nur auch für mich interessieren würde! Ihr Lieblingskleid möchte ich werden und nicht in einer Halle hängen und darauf warten, dass ich vermietet werde …

»Bist du jetzt traurig?«, fragte Belinda ganz leise.

Aber ich drückte mich nur noch fester an ihre große weiße Blüte …

KAPITEL 11

Die Morgensonne strahlte mir direkt in mein Gewebe, ich spürte die wohlige Wärme auf meiner feinen Seide. Ein neuer Tag, was würde heute wohl auf mich warten?

Die Lichtstrahlen spiegelten sich in dem Kronleuchter, und seine Kristalle tanzten in der Sonne. Unzählige Staubflöckchen umflatterten die Kleidungsstücke, die ruhig an ihren Stangen hingen. Ich streckte meine feinen Nähte und sah, wie die anderen Kostüme noch müde auf ihren Bügeln hingen.

Jedes von ihnen ist also geschaffen, um Menschen glücklich zu machen, dachte ich, hier ist es völlig egal, was wir eigentlich sind, wir sind alle Kostüme! Plötzlich wurden wir durch eine dröhnende Ansage aus unseren Gedanken und Träumen gerissen, und hätte Lucie nicht noch gestern der Bluse aus Wuppertal ihren obersten Knopf geschlossen, wäre sie glatt zu Boden gefallen. Sie zitterte vor Schreck, und der liebe Rock Coco stützte ihre Knopfleiste.

»Dieser ungezogene Bengel«, beschwerte sich die Bluse und drückte sich noch fester an ihren Rock.

Benno hatte einen Lautsprecher um den Hals hängen und rief in kurzen Abständen immer wieder: »Herzlich willkommen am Set, wir drehen in sechzig Minuten, bitte machen Sie sich bereit, herzlich willkommen …«

Nach und nach kamen Henriette, Lavinia Jackson, die Maskenbildnerin Anne und der Regisseur herein.

»In der ersten Einstellung will ich gleich das große Kleid sehen«, sagte der Regisseur. »Wir starten mit der Hochzeit.«

Das Dior-Kleid freute sich bis in die letzte Faser, und ihre feinen Kristalle und Fältchen strahlten vor Vorfreude. »Was hat der Herr da gerade gesagt«, tat sie unschuldig, als hätte sie den Worten nicht gelauscht.

»Sie sind gleich die Erste, die gefilmt wird«, antwortete das Nachthemdchen, und jeder spürte, wie begeistert es von dem schönen Dior-Kleid war.

»Gleich die Erste«, wiederholte das Dior-Kleid, »ach, ich hätte mich gern noch etwas ausgeruht, aber c'est la vie, so ist es eben, wenn unsereins unwiderstehlich ist.«

Die Jeans Patsy und der Poncho hingen noch verschlafen auf den Bügeln, und das Langoni sagte nur: »Was ist denn eine Hochzeit?«

»Du weißt nicht, was eine Hochzeit ist?«, empörte sich das Dior-Kleid. »Also diese Langonis sind doch einfach unkultiviert!«

Der Poncho streckte seine Fransen nach Patsy aus und sagte: »Baby, wir brauchen keinen Trauschein, was sollen wir heiraten, wir brennen doch eh durch nach Mexiko.«

Patsy quietschte vor Vergnügen, und das Langoni rief: »Okidoki, ich komme mit!«

Die freundliche Belinda wurde erst jetzt durch die Bewegung auf unserer Kleiderstange so richtig wach. »Habe ich etwas verpasst?«, fragte sie noch etwas benommen und strich elegant ihre Blüte aus. »Mir war, als hätte ich geträumt und wäre mit meinem Menschen auf einem Bahnhof gewesen, wir haben doch so viele Reisen unternommen.«

»In der Tat«, sagte Coco der Rock, »das Dior-Kleid ist die Erste, der Regisseur möchte mit der Hochzeit starten, und der Poncho will mit der Jeans nach Mexiko durchbrennen.«

»Und Ihr Bahnhof war der freche Benno mit seinem Megaphon, er hätte fast meine Bluse vom Bügel gehauen, so ist die Arme erschrocken«, fügte Coco noch hinzu, während die Bluse immer noch ganz bleich dreinschaute.

»Grober Kerl,« sagte sie, um nochmals ihrem Schrecken Ausdruck zu verleihen.

»Hier ist ja heute wieder was los. Und der Poncho und die Jeans werden hoffentlich glücklich«, schmunzelte Belinda in ihren eleganten Ausschnitt. »Und du, mein kleines rotes Kleidchen, wann bist du an der Reihe?«

»Ich?«, fragte ich verunsichert. »Vielleicht haben sie mich vergessen wie das Top in unserem Atelier, es war verschnitten, und dann wollte es keiner haben.«

Belinda sah für einen Moment aus, als hätte sie eine Motte im Gewebe. »Ach, was frage ich denn auch so einen Unsinn, sicher wirst du noch anprobiert werden, ich bin doch auch erst in einigen Tagen im Einsatz, mach dir mal keine Sorgen«, sagte sie und rief dann, um abzulenken: »Alle gut geschlafen?«

»Gut geschlafen? Ach«, stöhnte das Nachthemdchen, das natürlich wieder auf dem Boden lag. »Sie haben gut hängen, ich habe mir die Spitze verknackst, bin so ungeschickt gefallen. Lange kann das so nicht mehr weitergehen.«

Lavinia wurde von ihrer Maskenbildnerin geschminkt und frisiert. Es war eine Freude zu sehen, wie diese hübsche junge Frau immer noch schöner zu werden schien. Unzählige Pinsel, Tuben und Puderdöschen wurden geöffnet, vermischt mit Lotionen und dann kunstvoll auf ihrem Gesicht verteilt. Ihr blondes Haar wurde gekämmt und frisiert, und zu guter Letzt wurde eine funkelnde Haarnadel in ihre kunstvolle Frisur gesteckt.

Ich hätte ihnen noch stundenlang zusehen können.

Lavinia war nicht nur ein aufgehender Stern am Schauspielhimmel. Sie war eine junge Frau, die so liebenswert war, dass sich jedes Kleid wünschen würde, mit ihr leben zu dürfen!

Ach, was würde ich dafür geben, wenn ich nur von ihr beachtet würde, dachte ich.

Lavinia betrachtete sich lange und prüfend in ihrem Schminkspiegel, dann strahlte sie, sprang hoch und umarmte ihre Maskenbildnern. »Gut gemacht, Anne, was würde ich nur ohne dich tun«, sagte sie, und jeder konnte sehen, wie glücklich sie war.

»Wenn Finn mich sieht, was glaubst du, was er sagt?«, fragte Lavinia ihre Maskenbildnerin.

»Er wird dich heiraten, wie es im Drehbuch steht«, witzelte Anne.

Lavinia strahlte über das ganze Gesicht.

»Jetzt brauche ich Henriette«, rief sie, und als ob sie nur auf diesen Moment gewartet hätten, stürmten Henriette und ihre Assistentin Lucie in unsere Garderobe.

Als das Dior-Kleid von seiner Schutzfolie befreit wurde, da stockte uns für einen Moment der Atem. Es war wirklich ein Traum aus weißen fließenden Stoffbahnen, kunstvoll drapiert und so elegant, dass ich nur noch staunen konnte.

»Heiliger Bimbam!«, rief Vicki.

Lucie rief laut: »Vorsichtig bitte«, und alle schauten sie verwundert an.

»Nun gut, meine Kleine«, sagte Henriette zu ihrer Assistentin, »nur weil du einmal bei Dior gearbeitet hast, brauchst du nicht zu glauben, dass wir nicht wüssten, wie so ein kostbares Kleid zu behandeln ist.«

Lucie machte ein grimmiges Gesicht und streichelte leicht den Saum des Dior-Kleides.

Lavinia sagte: »Du hast bei Dior gearbeitet, wie interessant, Lucie, du musst mir später davon erzählen.«

»Ich habe ein zweiwöchiges Praktikum machen dürfen, vor ein paar Jahren.« Lucie strahlte mit vollem Einsatz, und jeder konnte sehen, wie stolz sie darauf war.

Als der Unterrock und das Kleid angezogen waren, verabschiedete sich Henriette.

»Ich sehe, ihr kommt jetzt hier alleine klar, die vielen kleinen Knöpfchen soll mal Lucie zumachen«, scherzte Henriette und tätschelte Lucie aufmunternd die Schulter. »Lavinia, ich komme später wieder, ich muss jetzt erst einmal Ihre Mutter anziehen, sie soll doch auch gut aussehen.« Henriette zwinkerte Lavinia zu, dabei bewegte sich ihre große Brille etwas nach oben.

»Warten Sie, Henriette, wie ist sie? Sie müssen mir verraten, ob ich mich vor Deborah Winter fürchten muss«, sagte Lavinia mit einem zarten Lächeln, das ihre leichte Unsicherheit nicht verbergen konnte.

»Sie ist eine«, Henriette machte eine Pause, »interessante Persönlichkeit.«

»Und hat sicher schon eine Flasche Champagner getrunken«, platzte es aus Lucie heraus.

»Lucie!«, sagte Henriette streng. »Es ist vielleicht erst eine halbe.«

Da mussten alle lachen, und Lavinia wirkte gleich etwas entspannter.

Als Lucie den letzten Knopf geschlossen hatte und Anne ein kleines Diamant-Diadem in ihrem hochgesteckten Haar befestigt hatte, da blieb unsere kleine Kleiderwelt einen Moment stehen.

Lavinia sah wunderschön aus, und das Dior-Kleid rauschte so elegant mit seinen unzähligen Stoffbahnen, dass mir schwindelig wurde.

»Holy moly«, rief der Poncho, »sie ist ein hochnäsiger Fetzen aus Paris, aber Klasse hat sie, das muss man ihr lassen.«

Patsy, die Jeans, drehte sich eingeschnappt zur Seite. »Dann fahr doch mit ihr nach Mexiko, du blöder Poncho.«

Das Dior-Kleid bemühte sich, entspannt und gelangweilt zu erscheinen, aber wir konnten alle sehen, dass es sehr glücklich und stolz war.

Lavinia Jackson drehte sich und tanzte wie ein Engel durch die Garderobe, um genau vor mir zum Stehen zu kommen. Als sie mich entdeckte, griff sie auch gleich in meine Seide und sagte: »Wie wunderschön ist denn dieses Kleid, das habe ich ja noch gar nicht gesehen!« Und als sie noch hinzufügte: »Ich muss es später gleich anprobieren«, da riss auf einmal die Seitennaht ihres Dior-Kleides auf.

»Piff« machte es.

Ein Geräusch, das uns alle bis tief ins Gewebe er-

schreckte. Weder Mensch noch Kleid können dieses Geräusch ertragen. Ein Raunen ging durch unsere Garderobe, alle Kostüme waren erschrocken. Lucie schrie entsetzt: »Das Kleid, das arme Kleid!«

Dann riefen alle aufgeregt durcheinander, und ich wurde schlagartig wieder der Aufmerksamkeit beraubt. Jeder kümmerte sich um das Dior-Kleid, und sogar Henriette war bei Lucies Schrei herbeigeeilt gekommen.

»Sie ist ein böses Kleid«, sagte Belinda zu mir, »sie kann es nicht ertragen, dass Lavinia auch dich bewundert hat. Sie hat ihre Seitennaht zum Platzen gebracht, damit sie die volle Aufmerksamkeit erhält. Es ist ein ungeschriebenes Gesetz, dass man so was nicht macht«, sagte Belinda. »Ich bin fassungslos. Wie kann sie nur aus Eifersucht ihre Nähte platzen lassen?«

Das Nachthemdchen rief immerzu: »Was ist da passiert?«, da es am Boden liegend wieder einmal nicht mitbekommen hatte, was geschehen war.

Das Dior-Kleid hatte erreicht, was es anscheinend gewollt hatte. Ich war vergessen, und jeder im Raum bemühte sich, den Schaden zu beheben. Das Kleid wurde von allen bedauert, Lucie sagte immerzu: »Das gute Stück«, und Lavinia wollte in den nächsten Tagen nichts mehr essen, da sie dachte, sie wäre schuld an der gerissenen Naht.

»Ich bin zu dick«, sagte sie immerzu. »Ich verstehe das nicht, ich habe doch eher etwas abgenommen. Was machen wir denn jetzt?«, fragte sie Henriette verzweifelt.

»Nur die Ruhe. Wir ziehen das Kleid erst mal aus, und Lucie wird sich um die geplatzte Naht kümmern. Kein Problem. Dior hat das passende Nähgarn mitgeliefert. Dieser Schaden kann behoben werden. Wir verstärken die Seiten, und dann sind Sie sicher, meine liebe Lavinia.«

Henriette verbreitete Zuversicht, doch Lucie konnte sich ein kleines überhebliches Lächeln nicht verkneifen. Als sie das voluminöse Kleid in den Armen hielt, atmete sie tief durch die unzähligen Stoffbahnen und hauchte leise und für niemand anders zu hören: »Gut gemacht, liebes Kleid.«

Belinda schaute entsetzt. »Gut gemacht? Sie hat dem armen Mädchen den ersten wichtigen Drehtag vermiest! Und nur, weil sie es nicht ertragen konnte, dass auch unsere kleine Anascha beachtet wurde. Schämen sollte sie sich!«, sagte Belinda.

Das Dior-Kleid spielte mal wieder die Ahnungslose und genoss Lucies Fürsorge. »Sie hat zugenommen, und ich habe den Schaden«, sagte es. »Sie ist einfach zu dick, und dann dreht sie sich auch noch durch die Gänge, als wäre sie von Sinnen. Ich bin etwas ganz Besonderes, ich hoffe, dem dummen Ding wird es eine Lehre sein! Der Star hier bin ich, nicht diese junge moppelige Schauspielerin.«

Der Rest des Tages war ein Kommen und Gehen, Lucie hatte das Dior-Kleid repariert, und der Dreh konnte beginnen. Lavinia wurde in den kurzen Pausen in ihre Garderobe gebracht, und es wurde ständig an ihr gepinselt, gepudert und gezupft.

Immer wieder musste sie das kostbare Dior-Kleid ausziehen, und die Kostümabteilung hatte alle Hände voll zu tun, um die unzähligen Lagen Stoff aufzubügeln. Lucie beobachtete es dabei ohne Unterlass, und ich hatte den Eindruck, dass sie ihm irgendwie verfallen war. Das Kleid genoss diese uneingeschränkte Aufmerksamkeit natürlich und ignorierte den Rest seiner textilen Kollegen.

Als es mit seinem geöffnetem Rückenteil an mir vorbeigetragen wurde, konnte ich für einen kurzen Moment sein Etikett sehen. In weißen Buchstaben stand auf blassgrauem Grund »Dior«.

Ich hatte mir bis jetzt noch keine Gedanken gemacht, was wohl auf meinem Etikett stehen würde. Ich spürte, dass ich eines hatte, aber was daraufgeschrieben war, wusste ich nicht.

Ich würde in einem passenden Moment Belinda bitten, es mir vorzulesen. Belinda hatte ein Etikett mit dem Namen »Modesalon Huber München« in ihrer Innenseite, und mit einem weißen Ölstift war die Kennzeichnung K.38-1223 etwas wüst daraufgeschrieben worden. Außerdem war ein weiteres Etikett aus einem groben Stoff mit dem Hinweis »Eigentum des Kostümfundus« neben das bereits vorhandene genäht worden.

Doch ich sah bei dem Dior-Kleid noch etwas anderes. Nämlich auch so eine Nummer. Eine Nummer, die bedeutete, dass es das Eigentum des Kostümfundus geworden war. So eine Kennzeichnung mit einem Ölstift konnte nicht mehr entfernt werden! Sie war für die Ewigkeit. Egal, was auch passieren würde, als stiller Zeuge ihrer Kostümtätigkeit würde sie mit dem Kleid für den Rest seines Lebens verbunden sein.

Ich hatte Angst, ebenfalls eine Kennzeichnung zu bekommen, denn ich war mir sicher, dass so eine Nummer nicht das richtige Leben für mich bedeuten konnte.

Am späten Nachmittag roch es plötzlich nach Zedernholz, ein wohliger Geruch, der, wie auch der Duft von Lavendel, ein gutes Gefühl in uns Kleidungsstücken auslöst.

Dieser Geruch gehörte zu Finn, wie sich herausstellte. Der junge Schauspieler hatte anscheinend ein Parfum aufgelegt, das betörend nach diesem Holz duftete. Die Motten sind unsere Feinde, sie fressen sich durch unsere Gewebe. Wenn jedoch Zedernholz- oder Lavendelduft in der Luft liegen, dann droht uns keine Gefahr, denn Motten können diese Gerüche nicht ertragen.

Zu dem Parfum trug Finn heute einen eleganten schwarzen Smoking mit einem weißen Hemd und einer schwarzen Fliege. Darin setzte er sich vorsichtig auf die gepolsterte Lehne des Diwans. Er schaute sich fragend um, und weil er keine Lavinia entdecken konnte, betrachtete er den schön eingerichteten Raum.

Er nahm das Seidenhemdchen in die Hände und roch vorsichtig an dem zarten Stückchen Stoff. Dann schmunzelte er und sah irgendwie entrückt aus.

Gerade in dem Moment, als er ansetzte, noch einmal diesen feinen Duft einzuatmen, stand Lucie in der Tür. »Oh, entschuldigen Sie«, stotterte sie sichtlich erschrocken, und ihre Wangen wurden rot. In dem Moment ließ sie auch noch einen Stapel Taschentücher fallen, den sie in ihren Händen trug.

Finn sagte: »Ich wollte Sie nicht erschrecken. Ich

suche Lavinia, da ich noch einige Textpassagen mit ihr durchgehen wollte.«

Die zu Boden gefallenen Taschentücher regten sich maßlos auf, und eines rief: »Wo ich doch so schön gebügelt war!«

Lucie sagte, sichtlich um Fassung ringend: »Frau Jackson ist noch in der Regiebesprechung, sie wird aber sicher jeden Augenblick kommen.«

»Gut, ich bleibe hier und warte auf sie. Würde es Ihnen etwas ausmachen, mir eines der Taschentücher zu überlassen?«

»Aber hat Ihnen Benno denn keine gebracht? Das hätte er aber machen müssen, ich werde es gleich an unsere Chefin weitergeben.« Lucies Stimme bekam einen strengen Ton.

»Oh nein, gar kein Problem, wirklich, Benno ist mein Held, er organisiert alles. Es ist nur ein Taschentuch, das mir gerade fehlt.«

Als Lucie ihm das Taschentuch reichte, berührte sie kurz seine Finger, und dabei sah sie ihn an, als ob er sie gerade in die Arme genommen hätte. »Bitte schön, Mr Farhay«, sagte sie, »kann ich noch etwas für Sie tun?«

»Vielleicht können Sie mir eine Tasse von Ihrem Ingwertee bringen, das wäre wunderbar.«

»Ingwertee? Gut, kein Problem, ist sofort da«, stammelte Lucie und verließ den Raum.

Finn ging noch eine Runde durch den Raum und blieb dann vor mir stehen. »Ein schönes Kleid«, sagte er mehr zu sich selbst. Er streichelte leicht über meine Seitennaht, als Lucie in den Raum zurückkehrte. »Schönes Kleid, was denken Sie?«

Lucie wollte gerade antworten, da trat Lavinia herein. »Finn«, rief sie erstaunt, »wie schön, dich hier zu treffen. Ich war gerade in deiner Garderobe, weil ich dich noch etwas fragen wollte.«

Finn lachte laut auf. »Da sitze ich hier und warte auf dich, und du hast vermutlich mit meinem Benno geplaudert.«

»Netter Kerl, dein Benno, er hatte allerdings keine Idee, wo du warst.«

»Er hat an Ihrem Nachthemd gerochen«, platzte es plötzlich aus Lucie heraus. Dann schlug sie sich selbst erschrocken die Hand vor den Mund.

Finn Farhay war das Ganze sichtlich peinlich. »Ich habe es nur aufgehoben, und jetzt lassen Sie uns doch bitte allein«, sagte er in einem etwas strengeren Ton.

Lucie sah aus, als würde sie ihre Worte gerne wieder zurücknehmen. Mit hochrotem Kopf verließ sie die Garderobe.

»Lucie ist ein seltsames Mädchen. Sie hat etwas Unheimliches, steht ständig plötzlich im Raum und ist irgendwie … Aber egal.« Lavinia setzte sich zu Finn auf den Diwan und legte ihm das Nachthemdchen in die Hände. »Schnüffle ruhig weiter an dem Seidenfetzen, aber bitte gehe mit mir noch einmal die nächsten Szenen durch.«

Finn lächelte. In diesem Moment hatte Lavinia unser aller Herz erobert, und bestimmt auch seines.

Der Smoking zwinkerte uns zu. Er hieß Ole, und er machte eine gute Figur. Er stand dem attraktiven Finn so sehr, dass Lavinia scherzte: »Bitte lass mir den Smoking da, damit ich auch etwas Schönes zum Schnüffeln habe.«

Sie lachte laut auf, und Finn schlug spielerisch mit seinem Drehbuch nach ihr.

»Hey! Du hast mich gerade erst geheiratet, und jetzt schlägst du mich schon. Du bist ja der perfekte Ehemann«, rief Lavinia, und jeder im Raum konnte spüren, dass die beiden ein zartes Band der Zuneigung geflochten hatten.

Das Nachthemdchen war glücklich, es war beachtet worden und durfte noch eine ganze Weile auf Lavinias Schoß liegen. Irgendwann legte Finn seine Hand auf ihre.

»Siehst du«, flüsterte Belinda, die das Geschehen schon seit einer Weile leise kommentierte, »die beiden sind verliebt, und das Nachthemdchen ist mittendrin. Sie sind doch auf eine seltsame Art etwas Außergewöhnliches, diese kleinen mutigen Nachthemdchen. Sie brauchen die Nähe zu den Menschen so sehr. Vielleicht, weil sie nachts mit ihnen schlafen und ihre Zeit so begrenzt ist.«

»Aber warum ist ihre Zeit begrenzt?«, fragte ich.

»Weil sie so oft gewaschen werden, mein Kind«, sagte Belinda. »Diejenigen von ihnen, die aus einem feinen Stoff gemacht sind, nehmen bei zu häufigem Waschen Schaden. Die festen aus Baumwolle sind robuster, aber die feinen Hemdchen, die sind sehr delikat. Die Menschen sortieren sie dann schnell aus, und sie enden verhältnismäßig oft als Putzlappen. Ich kenne ein Nachthemdchen, das wurde sogar als Fensterputztuch benutzt.«

»Es ist also kein Vergnügen, ein Nachthemdchen zu sein«, sagte ich.

»Es ist kein Vergnügen, nicht mehr gemocht zu werden«, sagte Belinda, »aber du solltest dir keine Sorgen machen. Kleidern wie uns bleibt so ein Schicksal in aller Regel erspart, wir finden noch immer einen, der uns mag.«

Als die Menschen uns verlassen hatten und Henriette das Licht ausknipste, stöhnte das Dior-Kleid vernehmlich erschöpft auf. Aber es konnte kein Mitleid erwarten. Die Kleidungsstücke hatten sich nach dem Vorfall mit der geplatzten Seitennaht darauf geeinigt, das Dior-Kleid zu ignorieren und ihm den kalten Saum zu zeigen. Kleidung hatte den Menschen zu dienen, sie sollte ihr Leben schöner machen, und eine geplatzte Naht gehörte sicher nicht dazu!

Leider konnte das Nachthemdchen sich nicht an die Abmachung halten, dem Dior-Kleid den kalten Träger zu zeigen. »Wie schön Sie doch sind!«, flüsterte es.

»Lass es gut sein, Kleines. Ich weiß, dass ich schön bin, dazu brauche ich kein Nachthemd, das sich bei mir einschmeicheln will«, spottete das Kleid. »Spring doch vom Bügel und lass mir meine Ruhe. Ich habe morgen noch einen wichtigen Tag vor mir.«

Das Nachthemd hatte offensichtlich gar nicht verstanden, dass es überheblich behandelt wurde. Es war noch zu glücklich, der schöne Nachmittag hatte es verzaubert.

»Siehst du«, sagte Belinda, »ein Nachthemdchen hat kein Gefühl für die Boshaftigkeiten der anderen, sie sind einfach lieb und eben auch naiv, wie könnten sie sonst auch immerzu von den Bügeln springen.«

Ich werde nicht vom Bügel springen, dachte ich, und ich wollte auch nicht als Putzlappen enden, ich wollte nur endlich einmal richtig beachtet werden! Es war mir fast schon egal, ein Kostüm zu sein, wenn ich doch nur endlich einmal anprobiert würde. Eines war jetzt schon klar, ich würde nie meine Nähte vor Missgunst platzen lassen, und ich würde freundlich bleiben, egal, was geschehen mochte. Ich war ein hübsches und ein nettes Kleid und eines, das jetzt sehr müde war …

In dieser Nacht träumte ich von meiner Heimat, von Galina und ihren geschickten Händen und von Veronika, die vermutlich inzwischen in ihrem belgischen Zuhause angekommen war.

Ich hatte nicht gewusst, dass die Sehnsucht nach Aufmerksamkeit und Zuneigung den Kleidern wie auch den Menschen zum Verhängnis werden kann.

Aber warum stürzt sich ein Nachthemdchen sonst immer wieder von seinem Bügel, warum kann das Kostüm Johanna aus Fulda nicht ohne ihren Rock leben, und warum kann es ein wunderschönes Traumkleid aus

Paris nicht ertragen, dass es auch mich gab, Anascha, ein hübsches rotes Kleid? Warum war es so bedeutend, hübsch und schön zu sein? Und konnte nicht jeder von uns in den Augen eines anderen wunderschön sein? Wer weiß denn schon, warum wir uns verlieben – und warum wir unbedingt geliebt werden wollen?

KAPITEL 13

An diesem Morgen erwachte ich sehr früh, und während ich langsam versuchte, die Träume in meinem Gewebe zu sortieren, bemerkte ich wieder einmal, wie einsam ich doch war. Es war schwer, ein rotes Kleid zu sein, das nicht beachtet wurde.

Ich betrachtete die Kostüme, mit denen ich diese Garderobe teilte, sie waren jedes für sich etwas Besonderes. Der wilde Poncho mit seinen Fransen und seiner Sehnsucht nach Freiheit, Patsy, die amerikanische Jeans, die unabhängig war und sich eigentlich für alles und jeden begeisterte. Das Langoni hing zwischen den beiden und wusste, dass es die Chance hatte auf eine bessere Welt, raus aus einem Karton mit all seinen Tausenden Freunden, die genauso waren wie es selbst, ein Massenprodukt. Es hatte es ja bereits in unsere feine Garderobe geschafft.

Belinda hing entspannt auf ihrem Bügel. Sie kannte beide Seiten, sie war schon einmal in einem Schrank zu Hause gewesen und arbeitete jetzt als Kostüm. Wie weise und vorsichtig sie doch war, immer bemüht, dass ihre weiße Blüte keinen Schaden nahm. Ein freundliches Kleid und ein gerechtes Textil ist sie, dachte ich.

Dann hörte ich, wie das Dior-Kleid leise seufzte. Es hatte mit all seiner Pracht und den unzähligen Blicken der Bewunderung etwas Entscheidendes verloren: die Zuneigung der anderen. Die Kostüme waren enttäuscht, und Lavinia war von ihr verunsichert worden. Das Dior-Kleid wusste genau, dass die junge Schauspielerin sie für immer mit dieser gerissenen Naht in Verbindung bringen würde. Der Zauber, den es für sie ausgestrahlt hatte, als sie in Paris in einem Schaufenster genau dieses Kleid entdeckt hatte, war verblasst. Es hatte sich vor Eifersucht selbst einen Schaden zugefügt. Außerdem hatte das erlesene Couture-Kleid einige Kristalle verloren, und der Saum war vom Staub während der Dreharbeiten leicht verschmutzt.

Da hing es auf seinem Bügel in all seiner Pracht und war doch auch nur ein Kleid, das von einem Menschen wertgeschätzt werden wollte. Wie mühsam es sein musste, immer die Nummer eins sein zu wollen.

»Guten Morgen, gnädige Frau«, sagte ich, und während das Dior-Kleid verwundert den Ausschnitt nach mir reckte, konnte ich wieder die Nummer sehen, die in ihr Futter geschrieben worden war. Das Kleid versuchte, freundlich zu sein, und sagte: »Das werden wir erst sehen, ob es ein guter Morgen werden wird.«

Ich lächelte und spürte, wie Belinda meine Seite berührte. »Du bist ein ganz feines Stöffchen mit einem guten Fadenherzchen«, sagte sie leise, »und vielleicht sollten wir uns ein Beispiel an dir nehmen, aber sie hat eine Grenze überschritten.«

»Sie tut mir ein bisschen leid«, sagte ich, aber Belinda schüttelte nur ihr Gewebe.

»Nein, mein liebes Kind, sie muss dir nicht leidtun, ihre Kristalle werden ersetzt, und der Staub aus ihrem Saum wird von einer guten Hand entfernt werden. Du solltest dich vor ihr hüten, sie wird alles versuchen, um dich zu verdrängen.«

»Aber warum? Ich bin doch nur ein rotes Kleid, und ich will noch nicht mal ein Kostüm werden«, sagte ich leise.

»Anascha, du bist alles, was sie nicht ist. Du könntest ein Lieblingskleid werden, wir alle wollen eines sein. Sie ist spektakulär, aber sie hat keine Zukunft. Sie wird nie wieder getragen werden, sie ist ein Hochzeitskleid.«

Ich überlegte einen Moment, ob ich Belinda von meiner zufälligen Entdeckung erzählen sollte, dass sie bereits eine Nummer in sich trug.

Da meldete sich der Rock Coco: »Ich habe geträumt, dass ich meine Bluse verloren habe, es war schrecklich. Jetzt habe ich endlich ein Oberteil gefunden, und dann war sie plötzlich nicht mehr da. Ich habe noch gehört, wie die Bluse nach mir rief, und dann war es auf einmal ganz still.«

»Was für ein schrecklicher Traum!«, rief das Nachthemdchen, das wie gewohnt auf dem Boden lag.

»Die Bluse ist sicher begeistert, wenn sie hört, wie sehr der Rock sich nach ihr sehnt«, bemerkte eine kleine Brokatweste.

»Blüschen«, rief Coco, »Blüschen, bist du da? Melde dich doch bitte.«

Ein Raunen ging durch die Reihen, und das einzige Geräusch, das zu hören war, kam aus der Richtung des Dior-Kleides, das wieder einmal meditierte und »Diiiiooorrr« brummte.

Fassungslosigkeit breitete sich aus, und jeder rief jetzt nach der Bluse, aber sie antwortete nicht.

Die Bluse war wirklich verschwunden!

»Vielleicht ist sie ja durchgebrannt«, bemerkte der Poncho und hatte gleich eine Geschichte parat, von einem Jeansrock, der in Texas einer Wildlederjacke mit Fransen verfallen war und einfach mit ihr abhaute. Sie wären noch einmal zusammen in der Altkleidersammlung einer Baptistengemeinde in Philadelphia gesehen worden, und sie hätten sich sehr geliebt.

»Deine Geschichten helfen hier überhaupt nicht«, rief Coco und weinte bitterlich.

Eine Weile später war die Bluse immer noch nicht aufgetaucht, und Coco hing traurig auf ihrem Bügel und konnte den Verlust nicht fassen. »Wo ist nur meine Bluse? Wir waren die perfekte Kombination, ach, meine liebe, liebe Bluse«, flüsterte sie, und jeder konnte sehen, wie traurig sie war.

»Röcke sind so schrecklich anhänglich, sie sind so

abhängig davon, einen Partner zu haben«, sagte Belinda, und ich spürte, wie sie mit dem Rock mitfühlte. »Da muss letzte Nacht jemand in unserer Garderobe gewesen sein! Aber wer? Und warum? Und wieso hat keiner von uns etwas bemerkt?«

»Fragen über Fragen«, sagte der Poncho. »Vielleicht ist es gar keine große Sache, sie wollte doch zurück in ihr Wuppertal und hatte vielleicht einfach nur Glück, dass sie hier rausgekommen ist. Meine Geschichte, na ja, war vielleicht nicht ganz passend«, fügte er noch hinzu. »Eine Bluse ist ja nicht wie ein unabhängiger Jeansrock. Denn Jeans, kann ich euch sagen, hält keiner auf. Ich könnte euch Geschichten erzählen … aber das lasse ich lieber, ist ja noch junges Gewebe unter uns.«

Patsy hüpfte vor Vergnügen. »Was würde ich dafür geben, mal wieder etwas zu erleben«, sagte sie. »Wenn ich erst einmal mit dem Poncho in Mexiko bin, dann werden wir die Freiheit und das Abenteuer finden.«

»Genau, Baby«, sagte der Poncho, »und wir machen mal einen Trip in die Wüste! Ich verspreche dir, wir finden den perfekten Menschen, in Mexiko geht die Post ab.«

Das Langoni kicherte vor lauter Vorfreude. »Hurra, hurra«, rief es immerzu, »wir werden was erleben, der Poncho, die Jeans und ich …«

»Wenn du dich da mal nicht täuschst, du billiges T-Shirt«, meldete sich das Dior-Kleid. »Leider musste ich diese unschöne Konversation mit anhören.« Es drehte sich mit aller Kraft etwas zur Seite. »Wen inte-

ressiert denn schon, wo – und vor allem wer – diese blöde Bluse gestohlen hat? Ich habe hier eine Aufgabe, ich bin hier nicht zum Vergnügen«, flüsterte sie arrogant und etwas gelangweilt in ihr feines Gewebe.

»›Blöde Bluse‹? Wer hat da gerade ›blöde Bluse‹ gesagt?«, schluchzte Coco, der Rock.

»Wie können Sie nur so herzlos sein?«, fragte Belinda das Kleid. »Macht es Ihnen denn überhaupt nichts aus, dass einer von uns vermutlich entwendet wurde und der Rock um den Verlust trauert?«

Das Dior-Kleid raschelte mit den Falten. »Meine Liebe, Sie sind vermutlich ein nettes Kleidchen, Sie mögen sich um diese unsäglichen Kleidungsstücke sorgen, ich tue es nicht, denn ich bin ein Traumkleid! Ein Kleid meiner Klasse will erfolgreich sein, bewundert werden und geachtet. Wenn dieser ganze Wahnsinn hier vorbei ist, dann werde ich ja eh mit der Schauspielerin nach New York ziehen, oder ich gehe gleich zurück nach Paris. Ich könnte jeden Titel eines Modemagazins haben, oder ich ziehe nach Bath in England in das Museum für Kleidergeschichte. Ewig bewundert hinter Glas, ausgestellt zur Freude der Menschen … compris, Madame Belinda?«, sagte es und konnte vor Erhabenheit ein leichtes Seufzen nicht zurückhalten.

Alle hingen jetzt still auf ihren Bügeln, selbst der Poncho war ganz leise geworden.

»Ich glaube, Sie sollten sich schämen«, sagte auf einmal eine schwache Stimme, die wir noch nicht zuvor gehört hatten.

»Wer spricht da?«, fragte Belinda in den Raum, und selbst das Dior-Kleid schien verwundert. Weniger über die Worte als über die Tatsache, dass hier wohl ein Kleidungsstück noch unerkannt war und sehr leise und erschöpft sprach.

»Ich bin ein kleiner Slip«, sagte die feine Stimme.

»Wo bist du denn, wir können dich gar nicht sehen«, rief Belinda.

»Ich sitze hier in der Ritze im Sofa fest«, sagte das leise Stimmchen.

»Aber wieso steckst du denn in dieser misslichen Lage?«, fragte Coco, die für einen Moment vergessen hatte, dass ihre Bluse immer noch verschwunden war.

»Also, das würde mich aber jetzt auch mal interessieren«, mischte sich das Kleid von Dior ein.

»Ich stecke schon seit einigen Jahren hier fest. Meine Besitzerin hat mich einmal hier verstecken wollen«, sagte der Slip.

»Da haben wir es«, echauffierte sich das Dior-Kleid mit großer Geste, »ein Spion, unglaublich, was hier alles reindarf.«

»Sie hat mich einfach vergessen, ich blieb immer in der Ritze stecken. Als sie das Sofa einem Freund gegeben hat, bin ich sozusagen mit ihm umgezogen.«

»Eine wunderbare Art zu reisen«, sagte das Langoni. »Genial! Mensch, Poncho, denk doch mal nach, wäre doch für uns auch eine Möglichkeit, nach Mexiko zu kommen.«

Der Poncho schüttelte die Fransen und ignorierte die Worte des kleinen Langoni.

»In einer Ritze, wie unangenehm«, sagte Coco.

»Jetzt will ich aber wissen, wie dein Transportsofa hier überhaupt reingekommen ist?«, fragte der Poncho unverhohlen interessiert.

»Mein Diwan wurde in einer Möbelauktion von einem Bühnenbildner gekauft und dann schon einige Tage bevor ihr alle angereist seid, hier abgestellt.« Die letzten Worte konnte der kleine Slip nur noch hauchen, er hatte keine Kraft mehr, er brauchte sicher dringend eine Wäsche und etwas Zuwendung.

»Bitte verrate uns doch noch deinen Namen, kleiner Slip«, bat Belinda, erkennbar erschüttert von seinem Schicksal.

Für eine kleine Weile war es ganz still, dann wisperte es ganz leise aus der engen Sofaritze: »Mein Name ist Jana-Ina, ich bin ein Tanga aus Rio de Janeiro.«

KAPITEL 14

»Guten Morgen, ihr alten Fummel«, rief wie aus dem Nichts der liebe Benno, lief durch den Raum und öffnete die leichten cremefarbenen Vorhänge. Auf seinem rechten Arm trug er einen Stapel Kleidungsstücke und eine Tüte mit Langonis. Die Tüte raschelte vor Vergnügen, und die Langonis plapperten alle durcheinander.

»Benno«, rief Henriette, die gerade auf dem Flur an unserer Garderobe vorbeilief, »können Sie mal schnell kommen? Wo ist der blaue Hosenanzug aus der Garderobe 4? Ich kann ihn nicht finden …«

Benno legte die Kleidungstücke auf den Diwan und die Tüte neben das Sofa und verließ den Raum wieder.

»Guten Morgen, ihr Lieben«, brummte da auf einmal eine warme und vertraute Stimme.

»Eric, was für ein Glück, dass du hier bist«, sagte Belinda, und ein jeder bekam mit, dass sie sich über alle Nähte freute.

»Was bin ich froh, euch zu sehen, meine lieben Freunde. Seht mal, wer auch hier ist, der schöne Ole.«

Ole, der Smoking, streckte sich, noch etwas müde von der letzten Nacht und erschöpft von den Filmaufnahmen, die sich gestern bis spät in den Abend hingezogen hatten.

»Wo ist denn meine hübsche Anascha?«, sagte Eric und versuchte, mich liegend in der für ihn ungünstigen Position auszumachen.

»Hier bin ich, hier, lieber Eric«, rief ich, und ich fühlte ein großes Glück, ihn wieder bei mir zu haben.

»Mein liebes Kind, ich habe dich und meine schöne Belinda sehr vermisst, wie gut zu wissen, dass ihr beiden aufeinander aufpasst«, sagte Eric und streckte seinen großen Kragen nach uns aus.

Belinda strahlte mit ihrem ganzen Gewebe, und ihre Blüte richtete sich etwas auf. »Wie gut, euch beide hierzuhaben. Eric, wir haben ein großes Problem. Gestern Nacht wurde die Bluse aus Wuppertal vermutlich gestohlen. Zu allem Übel haben wir auch noch einen kleinen Tanga aus Brasilien, der dringend Hilfe braucht, er steckt seit Jahren in der Ritze des Sofas, auf dem ihr gerade abgelegt wurdet.«

»Was sind denn das für Neuigkeiten? Da scheinen wir ja wirklich im richtigen Moment gekommen zu sein. In der Not frisst die Wäsche Motten!«, zitierte

Eric. »Nein, Moment. Ich meine, in der Not halten die Maschen zusammen!«

»Bitte hilf uns«, sagte der Rock Coco, »und hör mit den blöden Sprichwörtern auf. Die nützen uns jetzt auch nichts. Ich habe so schreckliche Angst, die Bluse nicht mehr wiederzusehen. Darum geht es! Und nicht um irgendwelche blöden Motten. Die fressen uns doch eh irgendwann alle auf …«

»Habe ich da gerade nicht gehört, dass aus der Garderobe 4 ein blauer Hosenanzug vermisst wird?«, entgegnete Ole, der feine Smoking.

»Was geht hier nur vor sich?«, erkundigte sich der Poncho betroffen.

»Diese Bude ist wirklich voll mit Irren«, sagte das Dior-Kleid. »Irre und unzählige alte Fummel und jetzt auch noch eine ganze Tüte voll mit diesen elenden Langonis. Kein Wunder, dass die Bluse wegwollte.«

»Wie kommen Sie auf die Idee, dass die Bluse wegwollte?«, fragte Coco erschrocken.

»Sie stehen aber ganz schön auf der Leitung«, sagte das Dior-Kleid, »haben Sie es nicht gehört, ein blauer Hosenanzug wird vermisst. Was glauben Sie denn, was Ihre Bluse gerade macht?«

»Jetzt ist aber Schluss, gnädige Frau«, sagte Eric, »wie können Sie denn so etwas sagen, es weiß doch keiner von uns, was passiert ist und wo die Bluse ist.«

»Eine Bluse passt zu allem, als ob da ein blauer Hosenanzug nicht die bessere Wahl ist«, sagte Patsy.

»Also bitte, jetzt fängst du auch noch an«, sagte der

Poncho, »da sollte ich mir wohl Gedanken machen, ob du die Richtige für Mexiko bist.«

»Relax, Baby«, säuselte die Jeans, »könnte doch sein … Und bei uns läuft es vielleicht wie bei deinem Jeansrock. Aber so oder so, wir bleiben zusammen, ist doch klar.«

Benno kam erneut in die Garderobe und legte zwei Kleidersäcke und ein Paket auf den schönen alten Diwan, in dem Jana-Ina gefangen war.

»Wir sollten uns jetzt erst einmal um den armen Slip kümmern«, sagte Belinda mit besorgter Miene, als Benno wieder draußen war.

»Sie ist kein Slip, sie ist ein Tanga«, entgegnete das Langoni, ohne zu wissen, von was es da überhaupt sprach. Es wunderte sich wahrscheinlich immer noch, dass es auf der Welt noch viel mehr Textilien als nur T-Shirts gab.

Ole, der Smoking, bewegte sein Revers so geschickt hin und her, dass einer der feinen Drahtbügel aus den Kleidersäcken in Richtung Sofaritze rutschte.

Sofort meldete sich eine verführerisch klingende Stimme aus dem abgelegten Kleidersack. »Hallöchen, wer drückt mir denn da auf den Bügel?«

»Mein Name ist Ole«, entgegnete der Smoking, »wir brauchen Ihre Hilfe.«

»Was kann ich tun?«, entgegnete die schöne Stimme.

»Könnten Sie bitte versuchen, durch gleichmäßige

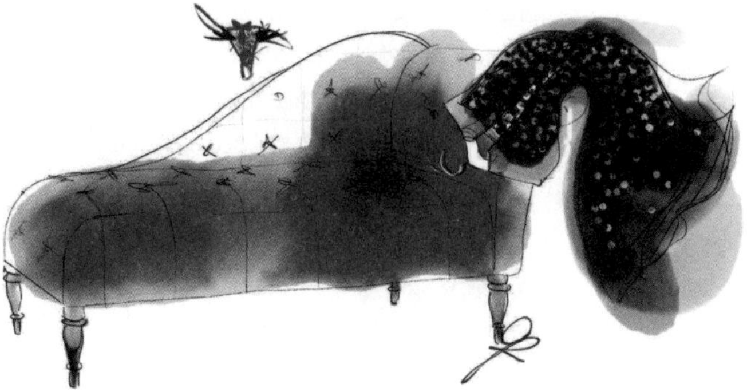

Wellenbewegungen Ihre Bügelschlaufe in die Sofaritze zu bekommen?«

»Herzchen«, entgegnete die schöne Stimme, »ich bin ein Revuekleid aus Las Vegas, was glaubst du, was ich alles kann. Ich könnte einen Salto machen, da würde ich gleich neben euch an der Stange hängen!«

Da mussten alle laut lachen, und selbst das arrogante Dior-Kleid konnte ein Grinsen nicht unterdrücken.

»Mehr nach links«, rief Ole, »jetzt etwas tiefer in die Ritze, können Sie etwas spüren?«

»Hilfe«, rief der kleine Tanga aus der Ritze.

»Jana-Ina, du musst jetzt ganz ruhig bleiben, wir werden dir helfen. Bitte versuche, dich etwas zu bewegen, damit der Bügel dich zu fassen bekommt«, sagte Ole in seiner ruhigen und liebenswerten Art. »Vertrau mir, wir werden es schon schaffen, gemeinsam kriegen wir das hin.«

Das Revuekleid juchzte vor Vergnügen und drückte seinen Bügel immer tiefer in den Spalt. »Ich habe es«, rief es kurz darauf, und mit einem heftigen Ruck flog Jana-Ina durch die Luft und landete auf der Sofalehne.

Da riefen alle durcheinander, und Ole jubelte vor Vergnügen.

»Sag ich doch, Bewegung ist mein Geschäft«, rief das noch im Kleidersack verborgene Revuekleid, und alle applaudierten, nur eines nicht, das Dior-Kleid, es mochte nicht, wenn es nicht im Zentrum der Bewunderung stand.

Jana-Ina lag völlig zerknittert und erschöpft auf der Sofalehne, die warmen Sonnenstrahlen fielen durch das Fenster und durchdrangen ihr feines Gewebe. Sie war ganz klein, aus einer zarten Spitze gefertigt, mit einem Schleifchen aus lila Samt am Bündchen.

»Obrigada«, sagte Jana-Ina, und alle freuten sich von Herzen.

»Das heißt ›danke‹ auf Portugiesisch«, sagte der Poncho und freute sich noch mehr über diese kleine Südamerikanerin.

Die warmen Sonnenstrahlen und die Zuneigung der anderen Kleidungsstücke ließen Jana-Ina wieder etwas lebendiger werden.

Ich freute mich sehr über die gelungene Rettung. Es war wohl doch ein großes Abenteuer, ein Kostüm zu sein.

An diesem Nachmittag sah ich meine neue Welt mit anderen Augen. Alles fühlte sich etwas leichter an, ich fühlte mich geborgen im Kreise meiner neuen Freunde und nicht mehr so allein. Vielleicht war es wirklich gar nicht so schlecht, ein Kostüm zu sein. Wir waren eine Gemeinschaft auf Zeit, aber ich traf jeden Tag Kleidungsstücke, die sich untereinander kannten und sich wertschätzten. Jetzt musste nur die Bluse wieder auftauchen, dann würde vielleicht alles gut werden.

Ein helles Kichern ließ mich aus meinen Tagträumen erwachen. Jana-Ina wurde immer munterer, die Wärme der Sonnenstrahlen, die freundlichen Worte und die Zuwendungen der anderen hatten sie gesprächiger gemacht. Das Leben war in sie zurückgekommen, und jeder wollte natürlich erfahren, wie so ein Leben in einer Sofaritze verlaufen sein mochte. Sie war die Heldin des Tages.

Als Lucie die neuen Kleider aus den Kleidersäcken befreit hatte, konnten alle das Revuekleid in seiner vollen Pracht in Augenschein nehmen.

Ole hatte schon, während es noch im Kleidersack steckte, eine tiefe Zuneigung zu ihm aufbauen können. Das sagte er zumindest, als er das aufregende Kleid zum ersten Mal auch sehen konnte.

»Ein Smoking bist du also, mein lieber neuer Freund«, sagte das Revuekleid und grinste breit über seinen tiefen Ausschnitt. »Kein Wunder, dass wir beide uns so fabelhaft verstehen, wir gehören zusammen, mein lieber Freund.«

»Genau! Wir sind beide für das Nachtleben geschaffen worden, wir könnten zusammen ausgehen und tanzen, meine Liebe«, sagte Ole und schlackerte mit seinen Ärmeln.

»Kinder«, sagte das Kleid dann zu dem Rest der Anwesenden, »wie schön, euch endlich auch sehen zu dürfen. Ich bin die Lulu.«

Sie war ein aufregendes Paillettenkleid mit Schlitz und tiefem Ausschnitt und so beweglich wie ein junges Kätzchen und so funkelnd wie ein sternenklarer Nachthimmel. Alle jubelten, und Lulu genoss die Zuneigung, die ihr von jedermann entgegengebracht wurde.

Jana-Ina strahlte mit ihrem wenigen Stoff und rief immer wieder: »Lulu, Lulu, Lulu …«

Es ist schön zu sehen, wenn eine Gemeinschaft jemand Neuen so herzlich willkommen heißt! Das Gleiche galt für die kleine Jana-Ina.

Bei all dem Jubel ging fast unter, dass noch ein weiteres Kleidungsstück aus seinem Kleidersack befreit worden war und von Lucie mit »Sachen gibt's …« kommentiert wurde. Es schaute scheu und sehr verlegen aus seinem großen Kragen. Ich konnte nicht erkennen, um was es sich handelte. Es war grob gestrickt, doch dabei unendlich fein, es hatte schmale Ärmel und einen Kragen, der ihm ausladend über die Schultern fiel. Seine Farbe war so außergewöhnlich wie seine ganze Erscheinung.

»Es ist so blass und unschuldig, wie frisch gefallener Schnee«, sagte Eric. »Schaut doch mal alle!« Eric war anscheinend genauso fasziniert von diesem zarten Geschöpf wie ich. »Wen haben wir denn da?«, fragte er und strahlte das seltsame Kleidungsstück an.

Es schaute ganz vorsichtig aus seinem Kragen und räusperte sich, als ob es einen Fussel im Hals stecken hätte.

Alle blickten jetzt zu ihm hin, und die uneingeschränkte Aufmerksamkeit machte dieses hübsche und sonderbare Textil noch scheuer.

»Grüß Gott«, sagte es kaum hörbar und fügte nach einer kleinen Pause noch »gestatten, i bin die Carola aus Graz in Österreich« hinzu.

»Da schau her«, sagte der Eric, »aus Graz in Österreich.«

»Ja, gestatten, aus Graz in Österreich«, wiederholte Carola jetzt schon etwas kräftiger in der Stimme.

»I bin a handgestrickter Pullover, gemacht von der Schwester Maria Leonore, verstehen Sie, a Pullover aus Graz.«

»Ist ja gut, wir haben verstanden«, sagte das Dior-Kleid. »Aus Österreich kommen Sie, aber das ändert doch nichts daran, dass Sie ein oller fusselnder Pullover sind. Versuchen Sie ja nicht, mir nahe zu kommen, compris?«

Der Pullover zuckte erschrocken mit seinen Maschen und wollte sich gerade wieder in seinen großen Kragen zurückziehen, als sich eine energische Stimme erhob.

»Sie entschuldigen sich jetzt aber sofort bei Carola, sie ist ein netter Pullover aus dem schönen Graz, Sie sollten hier langsam verstehen, dass Sie es sind, die die Regeln gebrochen hat. Sie lassen Ihre Naht platzen und beleidigen ohne Unterlass jeden hier, wie es Ihnen gerade gefällt, Sie sollten sich wirklich schämen.« Eric hatte sich Luft gemacht, und alle applaudierten.

»Recht hast du«, stimmte Belinda zu, und das Nachthemdchen sprang vor Schreck abermals vom Bügel.

»Herzlich willkommen, Carola«, sagte Eric, und alle wiederholten diese freundliche Geste.

»Danke schön«, sagte Carola und fügte noch ein »Vergelt's Gott« hinzu. »I glaub an den lieben Gott, i bin doch in anam Kloster gestrickt worden. Na, da staunen's aber«, sagte Carola, jetzt etwas mutiger geworden in Richtung des Dior-Kleides. »In einem Kloster hab i das Licht der Welt erblickt. In Graz, von der Schwester Maria Leonore, ja, so war's gwesen«, erklärte sie stolz.

»Das Pullöverchen ist aber auch nicht das hellste Garn im Schrank«, sagte der Poncho leise, »ich glaube, sie geht mir jetzt schon auf die Nerven, die wiederholt ja wirklich *alles*!«

Im Laufe des Nachmittages kam dann auch Lavinia Jackson. Sie war allein in der Garderobe und rezitierte laut ihren Text.

Während sie die Sätze vor sich hin sprach, bemerkte sie nicht, dass wie aus dem Nichts auf einmal Lucie neben ihr stand.

»Gott, haben Sie mich erschreckt«, brach es aus

Lavinia hervor. »Ich hatte doch vorher um etwas Ruhe gebeten!«

»Entschuldigen Sie«, sagte Lucie, »ich wollte nur meine Arbeit erledigen, die Kiste muss noch ausgeräumt werden, und mein Kollege hat hier den alten Mantel und den Smoking liegen lassen …«

»Schon gut«, unterbrach Lavinia, »dann räumen Sie schnell auf und lassen mich bis zur Anprobe noch etwas allein …«

»Wie Sie wollen, bitte schön«, sagte Lucie etwas missmutig und öffnete den Karton, in dem zwei neue Kleidungsstücke lagen. Sie hängte sie akkurat auf zwei Holzbügel und ging dann mit Eric und Ole über dem Arm zur Tür. Kurz bevor sie allerdings den Raum verließ, sah ich, wie sie noch das Dior-Kleid berührte und lächelte, dann schloss sie die Tür hinter sich.

Lavinia Jackson hatte sich jetzt auf dem Diwan ausgestreckt und genoss offensichtlich die Ruhe und das Alleinsein. Sie atmete tief ein und schloss kurz die Augen. »Wirklich komisches Mädchen«, sagte sie zu sich selbst.

Als sie sich ausstreckte und dabei nach hinten über die Lehne griff, spürte sie die Spitze unserer kleinen Jana-Ina zwischen ihren Fingern.

»Huch«, sagte sie und betrachtete den hübschen Tanga. »Gott, bist du niedlich! Hätte ich der seriösen Henriette gar nicht zugetraut! So ein aufregendes Höschen, vermutlich ist es für die Szene in der Garderobe, wenn ich das erste Mal das rote Kleid anprobieren werde«, sagte sie und warf Jana-Ina in einen kleinen Wäschekorb, der neben ihrem Schminktisch stand.

Der kleine Tanga juchzte vor Vergnügen, als er so durch die Luft flog. Jana-Ina landete zielgenau auf dem Rand des geflochten Wäschekörbchens.

»Was für ein wunderschöner Tag, so viel erleben zu dürfen ist ein großes Geschenk«, rief Jana-Ina, und alle, bis auf das Dior-Kleid, waren glücklich über ihre wiedererlangte Freiheit und Freude.

»Das ist doch für so einen kleinen Tanga fast zu viel«, sagte Belinda sichtlich gerührt und strahlte mit jeder ihrer schönen grünen Wollfasern.

»Jessas«, rief Carola, der Pullover aus Graz, »wenn das die Schwester Eleonore wüsste, die darat aber Augen machen.«

»Wenn sie was wüsste?«, fragte ich.

»Na, dass hier so a kleiner Slip durch die Luft fliegt wie a Engerl!«

»Ein Tanga ist doch kein Engel«, äffte das Dior-Kleid die kleine Carola nach. »In einem Kloster gestrickt, also wirklich, dieses Irrenhaus, ich kann es nicht abwarten, nach New York zu ziehen«, sagte es. »Da schauen Sie schön dumm aus dem Gewebe«, sagte das Dior-Kleid, »Sie haben doch eh keine Ahnung vom großen Leben, und sicher auch nicht davon, wo New York ist, Sie fusselnder Klosterpulli«, sagte es und schüttelte sich vor Lachen. »Gestrickt in einem Kloster von einer Nonne, also wirklich.«

»Die Jana-Ina ist doch a Engerl«, sagte Carola, »und

New York ist in Amerika. Sie glauben wohl, i bin naiv. Nur weil Sie aus Paris kammen und i in einem Kloster gmacht worden bin, haben Sie net das Recht, mi zu beleidigen.«

»Dann ist der Tanga halt ein Engel«, sagte das Dior-Kleid. »Wenn Sie dann glücklich sind und mich mit Ihren Fusseln nicht weiter belästigen, soll mir alles recht sein.«

Ein vorsichtiges Klopfen an der Tür holte alle zurück, und Henriette, die Kostümbildnerin, kam mit Unterstützung ihrer Assistentin Lucie in die Garderobe.

»Lavinia, entschuldigen Sie bitte«, sagte sie vorsichtig in dem Bewusstsein, sie stören zu müssen. »Könnten wir vielleicht noch die fehlenden Anproben vornehmen?«

»Aber natürlich«, sagte Lavinia und erhob sich vom Diwan, legte das Drehbuch zur Seite, und ihr kuscheliger Hausanzug stöhnte leicht, als er die bequeme Position verlassen musste. »Ach, und bitte seien Sie doch so nett und waschen mir diesen hübschen Tanga noch einmal kurz durch. Ich fühle mich einfach wohler, wenn die Wäsche frisch ist.« Dabei deutete sie auf den Korb und gab Lucie mit einem Blick zu verstehen, dass sie sich um diesen Wunsch der Hauptdarstellerin kümmern sollte.

Lucie nickte und half Lavinia aus ihrem zartrosa Jogginganzug.

»Könnten Sie den vielleicht gleich mitwaschen?«

Henriette lächelte freundlich, als Lucie schwieg, und sagte: »Aber natürlich, kein Problem!«

Der Jogginganzug stöhnte leicht auf und rief: »Na bravo, da hat der Nachmittag so schön gemütlich angefangen, und jetzt wieder in die Waschmaschine.«

»Ist doch herrlich«, rief Jana-Ina sichtlich beglückt über den zu erwartenden Waschgang, »wie ich mich auf eine Wäsche freue.«

»Ja, du hast ja auch Jahre in einer Sofaritze verbracht, sollst deine Wäsche ja bekommen, aber ich …«, beklagte sich der Jogginganzug, »… ich bin es so leid. Wir Sportsachen sind doch in einer nicht enden wollenden Dauerschleife aus waschen, trocknen, waschen, trocknen. Nee, nee, ich würde auch mal gerne einen ganzen Nachmittag einfach nur rumliegen. Einige von uns Jogginganzügen haben doch schon vor Jahren ihre Aufgabe verloren, was könnten wir nicht alles sportlich erreichen«, dabei zuckte ihr Gewebe, und sie hatte den Eindruck, als ob sie sich aufwärmen wollte für einen Wettkampf. »Weißt du«, sagte sie dann eher zu sich selbst als zu Jana-Ina, »ich hatte große Pläne, ich wollte zu Olympia, was hätte ich darum gegeben, eine Hochspringerin geworden zu sein.«

Jana-Ina kicherte und war sich sicher, dass ihr Hochsprung aus der Ritze des Diwans rekordverdächtig war.

»Konzentrierter Anlauf, ein leichtes Ausbalancieren, die Arme in der richtigen Position, die perfekte Verbindung von mir und meinem Menschen, der kurze Sprint, die Latte im Blick und dann«, der Anzug machte eine lange Pause und drehte sich leicht um seinen Gummizug; sie genoss den imaginären Absprung, und jeder konnte sehen, wie sie in ihren Träumen absprang und den Kontakt zum Boden verlor. »Geschafft!«, rief sie, und hätte sie die Möglichkeit gehabt, die Arme hochzureißen, sie hätte es getan. »Weltrekord!«, rief sie, und dann kommentierte sie sich, als wäre sie seit Jahren eine Sportexpertin. »Perfekter Anlauf, was für eine Sprungkraft und ja, die Latte bleibt sicher liegen, meine Damen und Herren, hier ist ein Jogginganzug, mit dem noch zu rechnen ist, sie hat die 1,94 übersprungen, wenn das mal nicht für Gold reicht … Auf dieses Joggingmädchen ist Verlass, was für ein Sprung, was für ein großes Talent, dieser rosa Jogginganzug ist doch …« Der Tunnelzug ihrer Hose zuckte noch etwas, und ihre Anspannung ließ nach, aber für einen kleinen Moment war sie die Beste gewesen.

Jana-Ina war völlig aus dem Höschen. »Die Goldmedaille«, rief sie immerzu, »der Jogginganzug hat die Goldmedaille gewonnen!«

»Tangas können sich doch so wunderbar freuen«, kommentierte Coco, die die Geschichte als willkommene Abwechslung erlebte, weil sie sie für einen Moment die Sorge um die vermisste Bluse vergessen ließ.

»Der Jogginganzug hat eine Meise«, meldete sich das Dior-Kleid. »Die hat nicht mehr alle Gummibänder im Saum, und wenn ich hier nicht beim Film gelandet wäre, dann hätte ich laut um Hilfe geschrien. So viele Verrückte habe ich noch nie auf einer Stange getroffen, also nein, die Goldmedaille im Hochsprung.« Das Kleid lachte arrogant.

»Meine Schneiderin war ein Hochsprungtalent, und sie hätte sich bei der Meisterschaft fast für die taiwanesische Nationalmannschaft qualifiziert«, sagte der Jogginganzug sichtlich stolz.

»Ja, und was hat es dieser Dame gebracht?«, spöttelte das Kleid von Dior. »Wohl nichts, denn sie hat es eben nicht geschafft und wird dann wohl ihr Auskommen in einer miesen Fabrik gefunden haben, wo sie dich dann zusammengenäht hat, zusammen mit tausend anderen Jogginganzügen, in der gleichen wunderbaren Sportfarbe Rosa! Dann hat noch ein anderer verhinderter Sportler ›Let's have a break‹ auf deinen Rücken gedruckt. Du glaubst doch nicht im Ernst, dass ein rosa Jogginganzug zu den Olympischen Spielen zugelassen würde? Du gehörst zu dieser moppeligen Schauspielerin, die gegen ihre zu breite Taille mit dir auf dem Diwan liegt und Eiscreme futtert, statt sich sportlich zu betätigen. Wie gesagt, let's have a break. Der einzige Grund, warum du jeden Tag in die Wäsche musst, ist nicht eure gemeinsame sportliche Aktivität«, dabei erhob sie ihre Stimme mit einem abfälligen Unterton, »sondern die Schokoladenflecken, die im Liegen eben unausweichlich sind!« Das Kleid war jetzt richtig in Fahrt, und es bauschte sich auf vor Frechheit.

Dann zischte es noch: »Dein Leben ist eine Illusion, deine Näherin war eine Versagerin, und dein Mensch ist eine überschätzte Schauspielerin, die mir die Seitennaht gesprengt hat.« Dann raffte sie die Röcke und fügte mit einer Blasiertheit, die ihresgleichen suchte, noch halblaut hinzu: »Aber dieses dumme Mädchen verzehrt sich nach mir und träumt davon, eines guten Tages in mir zu heiraten.« Dann holte sie tief Luft und brummte: »Ich sollte mich nicht aufregen, schadet nur meinem Gewebe, Diiiioooorrr…«

Der Jogginganzug war sprachlos, und bevor er etwas entgegen konnte, mischte sich der Tanga ein.

»Sie hat es nicht so gemeint, es ist zu viel Klimbim an ihr dran, so unendlich viel Stoff, sie ist doch keine von uns, sie ist doch wie die Menschen«, sagte Jana-Ina. »Sie möchte großartig sein, und mir muss keiner erzählen, was alles passieren kann, die Ritze war kein Vergnügen…« Dann weinte sie, und eine kleine Träne lief ihr über das dünne Bändchen, das so einen Tanga eben ausmacht.

Alle sorgten sich jetzt um Jana-Ina. Mitgefühl ist etwas Großartiges und stärker als böse Worte.

»Ich freue mich so auf die Wäsche«, schluchzte der kleine Tanga, und der Jogginganzug hatte sich wieder gefangen. »Gut«, sagte er, »jetzt brauche ich aber auch eine Wäsche, und heute wird mir der Schleudergang ganz besonders guttun.«

»Dann lassen Sie sich mal richtig durchschleudern«, sagte das Dior-Kleid arrogant. »Grässlicher Gedanke, in so einem Waschbottich. Mag mir gar nicht vorstellen, was da alles passieren kann.« Es schüttelte sich, und seine funkelnden Kristalle zitterten auf seinem zarten Gewebe.

»Ich weiß schon, Ihresgleichen will die chemische Keule«, mischte sich der Poncho ein, »ich habe es gern natürlich, etwas frische Luft und gute alte Nachtfeuchtigkeit, die dann von der Morgensonne getrocknet wird.«

»Ach, du bist so romantisch«, sagte die Jeans Patsy völlig entzückt.

»Also, ich würde gern mal in die Chemische«, entgegnete Elke, die der Naturromantik der beiden nichts abgewinnen konnte. »Die Bärbel an der Tür, der Anprobekittel in unserem Atelier zu Hause, sagt immer, die Chemische ist ein Traum, und es wäre überhaupt nicht schädlich, und abhängig würde es auch nicht machen.«

»A chemische Reinigung, na, des mog i net«, sagte Carola, die der Unterhaltung aufmerksam zugehört hatte, »bei uns im Kloster gibts nur Kernseife.«

»Ökotrutsche«, brummte das Dior-Kleid.

»Ach ihr … Könnten Sie, lieber Jogginganzug, Ausschau halten nach meiner weißen Bluse, vielleicht treibt sie sich ja nur in der Wäsche rum und will was erleben, so wie die Langonis?«, fragte Coco.

»Wird gemacht«, antwortete der Jogginganzug, und Jana-Ina rief mit freudiger Stimme: »Ich halte auch meine Augen auf …«

Währenddessen hatte Lavinia als erstes Kleidungsstück die wunderbare und von uns allen gefeierte Lulu anprobiert. Das Paillettenkleid saß wie angegossen, und Lavinia Jackson fühlte sich sichtlich wohl, weil sie sofort einige Tanzschritte ausprobierte.

»Perfekt«, sagte sie, »da wird sich der liebe Finn aber freuen, wenn er mich an einem der nächsten Drehtage in diesem tollen Kleid aufs Tanzparkett führen darf.«

Lucie verdrehte hinter ihrem Rücken die Augen und verließ, irgendetwas vor sich hin murmelnd, den Raum.

Henriette lächelte und freute sich, dass ihre Hauptdarstellerin das Kleid so mochte. »Das kann ich mir gut vorstellen«, sagte sie und holte das Nachthemdchen von seinem Bügel. »Komisch, du liegst ja gar nicht auf dem Boden« – sie betrachtete es einen Moment verwundert, »Lavinia«, sagte sie dann, »Sie haben ja auch eine Szene im Bett, dafür habe ich Ihnen dieses hübsche Seidennachthemd besorgt.« Sie reichte Lavinia das Hemdchen, und die strahlte sogleich über das ganze Gesicht.

»Gefällt es Ihnen?«

»Was für eine Frage, ich liebe es, ich bin begeistert«, rief Lavinia, »so ein hübsches Teil, das muss ich später auch mitnehmen, wenn es möglich ist? Danke übrigens auch für den süßen Tanga.«

»Ähm, kein Problem.« Henriette lächelte und fragte sich sicherlich, was es mit diesem Tanga auf sich hatte. Dann fiel ihr das Fehlen der Bluse auf.

»Hier fehlt doch etwas für Szene 96? Das muss Lucie gleich mal überprüfen. Aber erst einmal weiter: Es gäbe dann noch einen Pullover, den schwarzen Overall und das wunderschöne rote Seidenkleidchen, Sie wissen ja, die Anfertigung für die Abschlussszene.«

»Wann wird sie denn gedreht?«, fragte Lavinia, und Henriette blätterte in ihren Unterlagen.

»Das steht noch nicht ganz fest«, sagte sie.

»Würde es Ihnen etwas ausmachen, wenn wir dann vielleicht in den nächsten Tagen eine weitere Anprobe machen könnten?«, fragte Lavinia etwas verlegen. »Ich möchte im Moment in jeder freien Minute meinen Text lernen.«

»Gar kein Problem«, antwortete Henriette, »es wäre nur schön, wenn Sie vielleicht noch in den Pullover schlüpfen könnten, er ist morgen Nachmittag zusammen mit dem Nachthemdchen dran. Szene 81, glaube ich.« Dann blätterte sie noch einmal prüfend durch ihre Liste. »Genau, Szene 81, morgen Nachmittag.«

Lavinia zog Carola über das Nachthemd. Sie sah wunderbar aus. Zusammen mit dem leichten zarten Seidenhemd war Henriette eine schöne Kombination gelungen!

»Oh, ich liebe diesen Look«, rief Lavinia und umarmte Henriette. »Was für ein Glück ich doch mit Ihnen habe, liebe Henriette«, sagte Lavinia, und jeder spürte, dass sie meinte, was sie sagte.

»Das freut mich«, sagte Henriette, »danke. Ich hoffe aber auch, dass Ihnen Lucie gut zur Seite steht?«

Lavinia lächelte. »Ja«, sagte sie dann, »sie ist keine Henriette und hat nicht den Charme des jungen Benno, aber wir kommen schon klar. Sie sollten sich keine Sorgen machen. Ich weiß nicht, ob ich Ihnen das sagen kann«, fügte sie dann etwas vorsichtiger hinzu, »aber ich habe manchmal das Gefühl, dass sie eine seltsame Verbindung zu dem Dior-Kleid aufgebaut hat. Sie liebt es geradezu, auf eine seltsame Art und Weise. Denken Sie jetzt bitte nicht, dass ich spinne«, dabei lächelte Lavinia, »na, Sie wissen ja, Schauspieler neigen manchmal zu etwas Dramatik.«

Der Pullover und das Nachthemdchen wurden neben das Dior-Kleid gehängt und bekamen einen Zettel mit der Aufschrift: »Anprobiert – Szene 81.«

Dann zog Lavinia für ihre nächste Szene die Jeans, den Poncho und das Langoni an. Die drei machten eine gute Figur, und der Poncho rief laut: »Hiha, wie eine echte Mexikanerin!«

Die Jeans Patsy freute sich, endlich getragen zu werden, und das Langoni kicherte vor sich hin.

Lavinia betrachtete sich kurz im großen Spiegel, und als Anne Frisur und Make-up vollendet hatte, machte Sie sich auf den Weg, um die nächste Einstellung zu drehen.

Als alle Menschen den Raum verlassen hatten, beschwerte sich sogleich das Dior-Kleid. »Dieser widerliche Pullover mit seinen Fusseln, das hat mir gerade noch gefehlt. Wagen Sie es nicht, sich bei mir anzulehnen, ich werde Ihnen mit meinen Steinchen einen Faden ziehen. Ich warne Sie.«

Carola zuckte zusammen und rief erschrocken: »Na, des werd i scho net moch'n.«

»Ich wollte es nur gesagt haben«, erwiderte das Dior-Kleid und bauschte die Stofflagen.

»Herzlichen Glückwunsch«, rief da Belinda, »das Nachthemdchen hat es geschafft, es wird mit der Hauptdarstellerin leben, ich freue mich für dich, liebes Nachthemd.«

Das Nachthemdchen strahlte aus jeder Faser. Es war aber auch wirklich ein liebes Hemdchen, und jeder hatte es gern.

»Ich kann mein Glück noch gar nicht fassen«, sagte es, »und heute springe ich nicht von meinem Bügel, ich verspreche es euch.«

Da mussten alle lachen. Nur ich war ein wenig niedergeschlagen. Ich hatte wieder keine Anprobe erlebt, keine Lavinia, die sich freute, mich tragen zu dürfen, keine Aussicht auf ein Leben in einem schönen Kleiderschrank! Anascha, das rote Seidenkleidchen, wurde wieder nicht beachtet, dachte ich, und eine Traurigkeit breitete sich in meinem zarten Gewebe aus.

»Es ist doch ganz gut gelaufen«, sagte auf einmal Belinda zu mir, als hätte sie meine Gedanken erraten. »Hast doch gehört, du bist die Anfertigung, von der Henriette gesprochen hat, für die letzte Szene, und in den nächsten Tagen wirst auch du anprobiert werden, und Lavinia war so begeistert von dir.«

»Wenn du meinst, Belinda«, sagte ich, »dann kann ich also noch hoffen?«

»Aber mein liebes Kind, es wird auch für dich gut werden, glaube nur fest daran.«

»Anascha, bist du das etwa?«, ertönte da auf einmal eine bekannte Stimme. »Ich bin es, Elke, der schwarze Overall aus unserem Atelier! Ich kann es nicht glauben, dass wir uns hier wiedersehen! Anascha, du freust dich ja gar nicht, hast du mich etwa schon vergessen?« Elke war völlig aus dem Häuschen.

Ich streckte mich so weit nach vorn, wie es nur ging, um zu den neuen Kleidungsstücken zu sehen, die Lucie vorher gebracht hatte. Dann sah ich sie tatsächlich. »Elke!«, rief ich. »Ja, Elke, ich freue mich sehr, ich kann es noch gar nicht glauben, du hier beim Film, was für ein Glück …«

»Nicht wahr? Darf ich mich vorstellen, Elke, Hosenanzug aus Wollmix, genäht im selben Atelier wie die kleine Anascha hier«, sagte Elke zu den anderen und platzte fast vor Stolz. »Mensch, Leutchen«, rief sie immer wieder, »Zufälle gibt es! Wenn die Bärbel von der Tür wüsste, was ich hier gerade erlebe, die würde doch glatt durchdrehen.«

»Also, hier ist ja heute wirklich was los«, meldete sich Coco, »es freut mich so für euch alle, wirklich. Aber wo ist nur meine Bluse, ich werde noch ganz verrückt vor Angst.«

»Was? Wieso, was ist denn passiert?«, erkundigte sich Elke.

»Gestern Nacht ist hier eine weiße Bluse gestohlen worden, sie war die perfekte Kombination mit Coco,

dem schönen Rock da aus Paris«, erklärte Belinda, indem sie mit ihrer weißen Blüte auf Coco zeigte, die traurig auf ihrem Bügel hing.

»Die Schöne aus Paris bin ich«, zischte das Dior-Kleid mit wütender Stimme und rauschte drohend mit den Stofflagen.

»Menschenskind, was sind Sie doch für ein unangenehmes Kleid«, sagte die glitzernde Lulu. »Wenn Sie eine von uns wären, in Las Vegas, in der großen Show, da hätten Sie mit so einer Einstellung schon verloren, bevor der erste Vorhang überhaupt für Sie aufgegangen wäre. In einer Revue, da kommt es darauf an, dass alle zusammenhalten, nicht aus der Reihe tanzen, verstehen Sie, da wäre für Ihresgleichen kein Platz gewesen. Da zählt nur der Teamgeist. Obwohl jede Einzelne von uns auch allein wunderschön war und die anderen nicht gebraucht hätte, hielten wir zusammen, wie aus einem Garn genäht.«

»Lassen Sie mich doch in Ruhe mit ihrem Teamgeist, ein Revuekleid aus Pailletten will mir, einem Dior-Kleid, die Welt erklären, dass ich nicht lache. Sie sollten sich hüten, überhaupt mit mir zu sprechen. Ich bin der Liebling unseres Stars, mich nimmt sie mit nach New York, verstehen Sie, New York City, meine Liebe, in ihre Wohnung, in ihren Kleiderschrank, in ihr Leben! Sie können von mir aus so beweglich sein und Ihre Pailletten hin und her werfen, dass es nur so funkelt, Sie bleiben ein billiger Fummel. Sie sind nicht mehr und nicht weniger: ein Fummel, der in Las Vegas mit anderen Paillettenkleidern in einer Reihe tanzen muss. Da sind ja sogar noch diese billigen Kostüme besser dran.«

Lulu wollte gerade zum Gegenschlag ansetzen, als die Tür aufging und Lucie die Garderobe betrat.

In dem Augenblick, als sie den Wäschekorb anhob, rutschte Jana-Ina ab. Da sie nur auf dem Rand gelegen hatte, konnte sie ihr Gleichgewicht nicht halten. »Huch«, rief sie und fiel sanft zu Boden.

Das Dior-Kleid nutzte den Moment, es bauschte seine vielen Lagen bedrohlich auf und schubste das liebenswerte Seidennachthemd ohne Vorwarnung von seinem Bügel, sodass es kopfüber in den Wäschekorb stürzte. Es landete auf dem Jogginganzug und einigen weißen Handtüchern.

»Fahr zur Hölle«, zischte das Dior-Kleid dem Nachthemdchen noch hinterher, »und viel Vergnügen in der Kochwäsche … Na, dann wird es wohl nichts werden mit dem schönen Leben an der Seite von Lavinia Jackson, du unbedeutender Fetzen.«

KAPITEL 15

Die Stimmung in unserer Garderobe war nicht mehr zu vergleichen mit dem fröhlichen Vormittag.

Das Dior-Kleid hing hochnäsig an seinem Bügel und war sich wieder einmal keiner Schuld bewusst. »Es war doch nur ein Spaß«, säuselte es, »ein kleiner Scherz, nicht mehr und nicht weniger. Sie wird es schon überstehen, ist doch nur ein Nachthemd.«

»›Nur ein Nachthemd‹? Haben Sie gerade ›nur ein Nachthemd‹ gesagt?«, rief Belinda fassungslos und schüttelte vor Wut ihre Blüte hin und her.

Coco schluchzte unter Tränen: »Sie wissen doch sehr wohl, dass eine Kochwäsche für unser liebes Seidennachthemdchen das sichere Ende bedeutet? Eine so heiße Wäsche werden seine feine Seide und die Spitze nicht überstehen, wie können Sie so herzlos sein?«

»Wir können nur hoffen, dass diese unfreundliche Lucie den Fehler bemerkt und es aus der Kochwäsche nimmt«, sagte Belinda, »und gnade Ihnen Gott, wenn ihr etwas zustößt!«

»Vielleicht wird diese Frau Henriette ja noch einmal die Wäsche kontrollieren«, meldete sich Elke.

»Was denkst du, Elke, ich bitte dich«, entgegnete Coco, »Henriette, die hat doch wohl genug mit den anderen Kostümen am Hals, sonst hätte die doch schon längst etwas unternommen, um meine Bluse zu finden.«

»Bleibt doch bitte ruhig, Coco«, meldete sich Belinda zu Wort, »es gibt vielleicht Hilfe, zumindest für die Bluse. Eric und Ole haben mir beim Hinaustragen noch zugerufen, dass sie einen Trenchcoat kennen, der in einer Garderobe nebenan wohnt. Dieser gescheite Trenchcoat hat schon mehrmals in einem Krimi mitgespielt, der wird es herausfinden. Er ist doch vom Fach.«

»Wirklich? Das ist ja großartig«, rief Coco, »dann besteht ja noch Hoffnung…«

Plötzlich räusperten sich die Langonis, die seit heute Morgen in der Tüte neben dem Sofa standen und sich erstaunlich ruhig verhalten hatten.

»Hört, hört«, spöttelte das Dior-Kleid, »wen haben wir denn da? Riechen gar nicht mehr und schwätzen nicht, was ist denn mit den Langonis los?«

»Wir sind gestern bedruckt worden«, sagte ein hellblaues Langoni. »Die blöde Kostümassistentin Lucie hat mit einem Mantel gesprochen, und dabei hat sie vergessen, dass wir noch in der heißen Presse steckten.«

»Wir wären fast verbrannt«, meldete sich ein rotes Langoni, und ein schwarzes rief: »Ich bin nicht mehr zu gebrauchen, sie hat mir den Ärmel versengt.«

»Wir tragen jetzt alle den Aufdruck ›Teamshirt‹, und hätte Henriette nicht gerufen ›Was riecht denn da so verbrannt?‹, dann hätte sie uns auf dem Gewissen gehabt!«, empörte sich das hellblaue Langoni.

»Was habt ihr da gerade gesagt? Lucie, die Kostümassistentin, hat mit einem Mantel gesprochen? Habe ich das richtig verstanden?«, fragte Belinda mit zitternder Stimme.

Schlagartig wurde es ganz still, und ein jeder wusste, was es zu bedeuten hatte. Lucie musste ein Stoffling sein.

»Was meint ihr damit?«, fragte ich. »Heißt das etwa, dass sie unsere Gespräche belauschen kann?«

»Nein, nein«, beruhigte mich Belinda, »aber sie kann

eine ganz besondere Verbindung zu einem Kleidungsstück aufbauen und erahnen, was es denkt.«

»Aber nein«, rief da das Dior-Kleid eine Spur zu laut, »was denkt ihr denn? Die Lucie ist doch kein Stoffling, nein, nein, sie ist bloß ein dummes Ding.«

Für eine Sekunde war es so still, als ob die Zeit angehalten worden wäre. In diesem Moment dachten alle das Gleiche: Das Dior-Kleid steckt mit Lucie unter einer Decke!

Die Langonis hatten nicht mitbekommen, dass sich das Dior-Kleid verraten hatte. Sie wussten wahrscheinlich nicht einmal, dass es Stofflinge gab. In ihrer Welt gab es nur die Massenproduktion, aus der sie alle kamen. Sie müssen zusammenhalten und aufeinander aufpassen, dachte ich mir. Ein T-Shirt ist für die Menschen leider ein Wegwerfartikel geworden, sie haben häufig keinen Wert mehr, das hatte mir Veronika damals erzählt. Sie werden selten vermisst und genauso häufig wieder durch ein neues ersetzt.

»Wir könnten euch vielleicht helfen«, sagte eines der Langonis. »Wir liegen hier doch überall rum, und jetzt sind wir auch noch die Teamshirts, uns entgeht nichts. Fast alle Mitarbeiter des Filmteams werden uns tragen.«

Dann fingen die Langonis abermals an zu kichern, wahrscheinlich in der Hoffnung, jetzt wieder etwas erleben zu dürfen.

»Das ist eine gute Idee. Ich kenne den Trenchcoat auch«, sagte da auf einmal Jana-Ina vom Boden. »Sein

Name ist Mr Bloom. Wir waren zusammen in einem Krimi, er war ein guter Ermittler, ihm entgeht nichts!«

»Wieso hast du in einem Krimi mitgespielt?«, erkundigte sich Belinda verwundert.

»Na ja, mein Sofa hat in einem Krimi gestanden. Es war Teil eines Films.«

»Ich glaube es nicht, da sitzt die Kleine in der Ritze und macht jetzt schon in ihrem zweiten Film mit.« Lulu war beeindruckt.

»Nein, nicht mitgemacht, aber ich habe gehört, was der Trenchcoat damals zu einer Polizeihose gesagt hat: ›Ich bin Mr Bloom, und ich decke jeden Fall auf.‹«

»Warum hast du dich denn nicht schon damals von deinem Mr Bloom befreien lassen, wenn der so ein genialer Trenchcoat ist?«, erkundigte sich der Rock Coco, der sehr froh war, dass es wieder Hoffnung gab.

»Weil ich Angst hatte«, antwortete Jana-Ina. »Es war doch ein Krimi, da wollte ich lieber in meiner Sofaritze bleiben.«

»Weil sie erst ein tolles Paillettenkleid treffen musste«, scherzte Lulu und funkelte auf ihrem Bügel.

An diesem Abend kam Lavinia Jackson völlig erschöpft von den Dreharbeiten erst spät in der Nacht in ihre Garderobe.

Der Poncho war völlig aufgedreht, und die Jeans war froh, endlich wieder zurück zu sein. Das weiße Langoni kicherte und rief immerzu: »Hallo, hallo, ich bin wieder da.«

Ich war schon fast eingeschlafen, als Lavinia in den nur noch schwach beleuchteten Raum zu uns trat, einen Moment gedankenverloren vor mir stehen blieb und über meine feine Seide streichelte.

Plötzlich stand wie aus dem Nichts ihr Filmpartner Finn im Raum.

»Jetzt hast du mich aber erschreckt«, sagte Lavinia.

»Ich habe den Tag mit dir so genossen, Lavinia«, sagte Finn, »du bist wirklich wunderbar ...«

»Hey, ich werde gleich so rot wie dieses Kleid hier«, sagte Lavinia mit leiser Stimme.

Finn lächelte sie an. Dann war es einen Moment ganz still im Raum, während die beiden sich nur ansahen. Gespannt hielten alle Textilien die Luft an, als sich sein Gesicht dem ihren näherte. Und dann küsste er sie.

Vicki schlug vor Freude ihre Lackbeinchen aneinander. »Es ist Liebe!«, rief sie, »wie wunderbar!«

»Dann hoffen wir mal, dass Lavinia nie das Buch *26 dunkle Fäden* liest«, lästerte der Poncho.

»Unromantischer Fetzen«, entgegnete Vicki.

»Ich habe damit abgeschlossen, dieses Kapitel meines Lebens habe ich hinter mir gelassen. Ich bitte auch den Poncho zu respektieren, dass ich jetzt auch nur eine Hose bin«, sagte Vicki theatralisch.

»Eine Hose«, wiederholte das Dior-Kleid. Es wurde von so einem heftigen Lachanfall heimgesucht, dass die Kleiderstange vibrierte und Finn für einen Augenblick das Gefühl hatte, dass die Welt um ihn herum in Bewegung kam.

Als Lavinia und Finn sich wieder voneinander lösten, räusperte er sich und wirkte auf einmal ganz verlegen. »Dieses rote Kleid ist mein Zeuge«, sagte er und löste ihre Hand von meiner Seide, um ihr einen kleinen Ring an den Finger zu stecken.

In dem Moment wurde heftig an der Tür der Garderobe geklopft. »Finn Farhey, bitte noch mal kurz ans Set!«, rief der Regie-Assistent von draußen.

Als Finn den Raum verlassen hatte, drückte Lavinia mich an sich und sog einen tiefen Atemzug durch mein Gewebe.

»Du bist mein Zeuge«, sagte sie zu mir. »Er liebt mich! Oh Gott, er hat mir einen Ring an den Finger gesteckt, bin ich jetzt verlobt?«

»Er hat ihr nicht mal einen Ring gekauft«, kommentierte Elke. »Mir muss keiner was erzählen, was Modeschmuck ist. An mir hat nie was Echtes gehangen. Na, hoffentlich hält es trotzdem.«

»Aber er hat ihr doch einen Ring angesteckt«, erwiderte Vicki, »ich habe es genau gesehen.«

»Es ist ein Kostümring aus dem Fundus, er gehört der Produktion. Ein billiges Ding ohne Wert, Modeschmuck halt«, fügte Elke noch hinzu.

»Es geht um die Geste, es kommt nicht darauf an, was etwas wert ist, sondern was es den Menschen wert ist«, beharrte Vicki.

»Genau«, sagte der Schal in der Kiste. »Genau – und deshalb war der verlorene Handschuh von Karl Lagerfeld mein größter Schatz.«

»Ruhe jetzt!«, mischte sich Elke ein, »ich bekomme doch gar nicht mehr mit, was da gesagt wird.«

Lavinia breitete die Arme aus und tanzte mit mir durch den Raum.

Der Poncho, den sie gerade trug, rief nur: »Jetzt reicht es aber, ich habe genug von all den Liebesschwüren, ich will zurück auf meinen Bügel!«

Patsy, die Jeans, war beseelt von dem Erlebten und strahlte über ihre Nähte.

Der Poncho wedelte mit den Fransen und sagte: »Ach, diese Mädchen …«

Als Lavinia den Raum verließ, bemerkte sie nicht, dass Deborah Winter hinter der angelehnten Tür ihrer Garderobe stand und »Du wirst schon sehen, was du davon hast« in ihr Champagnerglas flüsterte.

Etwas später kam Benno noch einmal herein, um nach dem Rechten zu sehen. Die Maskenbildnerin Anne hatte gerade ihre Vorbereitungen für den nächsten Tag abgeschlossen und wirkte müde und erschöpft.

»War ein langer Tag, Benno«, sagte sie und warf dem jungen Mann eine Kusshand zu. »Bist ein Schatz, wenn du hier abschließt und ich jetzt gehen kann. Morgen geht es sehr früh los. Wir werden die Szene im Bett haben, da muss ich auch die Beine, Arme, ach, einfach alles von der lieben Lavinia schminken, das wird stressig …«

Benno grinste und warf ihr einen verschmitzten Blick zu. »Dann kannst du schon einmal bei mir üben!«

Während Anne »Gute Idee, Benno« sagte, fiel auch schon die Tür hinter ihr zu.

Benno öffnete leicht den Vorhang und löschte das Licht. »Gute Nacht, ihr lieben Fummel«, rief er, und dann hörte ich, wie die Tür verschlossen wurde.

Das sanfte Licht der Nacht fiel auf die Kleider und verwandelte den Raum in einen magischen Ort. Zartblau erleuchtete der Mondschein die Kleider an der Rückseite des Raumes. Und dann sah ich es. Wir waren nicht allein. Benno hatte übersehen, dass Lucie auch noch im Raum war. Sie hatte sich hinter einem Paravent versteckt und trug das Kleid von Dior. Nach einer Weile zog sie es wieder aus, sperrte die Garderobentür im Dunklen mit ihrem eigenen Schlüssel auf und dann, wie es klang, von außen wieder zu.

Ich lag noch auf dem Diwan, dort, wo Lavinia mich abgelegt hatte, und mein Blick fiel auf die ruhenden Kleidungsstücke, die wie ich hier für eine Zeit ein Zuhause gefunden hatten. Ich betrachtete Belinda, die sanft und elegant auf ihrem Bügel hing, ihre weiße Blüte reflektierte das warme Mondlicht.

Das Dior-Kleid glitzerte wie in Tausendundeiner Nacht. Es hatte in diesem warmen Licht etwas Sanftes, unglaublich Schönes, und hätte ich nicht gewusst, dass es kein feines Textil war, das immer nur an seinen Vorteil dachte, dann hätte es ein Engel sein können, so wunderschön war es. Strahlend, über und über bestickt mit unzähligen Kristallen; die zarten Stofflagen schienen im sanften Mondschein zu schweben.

Aber wir wussten, Lucie hatte es entweiht.

»La bella luna«, sagte Lulu, die mich anscheinend beobachtet hatte und wie ich den Zauber der Mondnacht genoss. »Sie ist schon atemberaubend, unsere Diva, wie sie da so hängt, schön und irgendwie unschuldig. Das Licht des Mondes verzeiht die Fehler des Tages«, sagte Lulu.

»Du schläfst ja gar nicht, Lulu?«, fragte ich leise in die Stille des Raumes.

»Nein, nein, liebe Anascha, ich bin doch ein Kleidchen, das für die Nacht geschaffen wurde. Und für die Liebe«, fügte sie dann noch hinzu.

»Warum ist es so wichtig für uns, geliebt zu werden?«, fragte ich.

»Weil wir den Menschen so ähnlich sind, wir genießen es, wenn wir die Nähe unseres Gegenübers spüren, ihre Aufmerksamkeit und ihre Wärme.« Dann machte sie eine lange Pause und flüsterte: »Du bist ein Sonnenschein, Anascha, sogar jetzt im Mondlicht. Wie du da so liegst auf dem Diwan bist du so hell wie die Sonne. Dich würde niemals ein Mensch vergessen, so groß könnte keine Ritze in einem Sofa sein, dass du verloren gehen würdest, Anascha. Wenn das hier vorbei ist, hoffe ich so sehr, dass du ein gutes Leben haben wirst. Du gehörst in einen hübschen Kleiderschrank.« Dann lachte sie kurz auf und raschelte mit den Pailletten. »Lulu ist ein altes Showgirl. There is no business like show business! Ich träume von der Revue, von den Brettern, die die Welt bedeuten. Mein

Kleiderschrank wird immer eine Garderobe sein, und weißt du was? Es ist für mich der Himmel auf Erden.«

»Ich werde dich niemals vergessen, Lulu«, sagte ich. »Du bist ein so schönes und mutiges Kleid, du wirst immer mein Vorbild sein. Du kannst sogar einen Tanga aus einer Ritze retten, keiner ist so beweglich wie du. Wer dich an seiner Seite hat, der geht niemals verloren. Du bist die beste Freundin, die sich Mensch und Textil wünschen können!«

»Danke, Anascha«, flüsterte Lulu gerührt, und dann wurde es still.

Ich schlief langsam ein, und so hörte ich nicht, dass sich offenbar noch jemand im Raum befand und sich unserer Stange näherte …

Dann spürte ich auf einmal einen groben Griff, und bevor ich verstehen konnte, was da vor sich ging, wurde ich in eine dunkle Tasche gestopft. Ein Reißverschluss wurde über mir geschlossen, und mit einem Schlag war es stockdunkel.

»Hilfe«, rief ich, »Hilfe, hört mich denn keiner …«

Nach einer gefühlten Ewigkeit wurde ich unsanft aus der Tasche gerissen und in eine andere Finsternis gesperrt. Eine Tür knallte direkt neben mir zu, und erneut umgab mich absolute Stille.

»Hallo, wo bin ich, ist hier noch jemand? Kann mich jemand hören? Hilfe, ich bin hier gefangen«, rief ich.

»Hallo? Anascha? Hier unten, ich stecke hier in einer Tüte fest, ich bin es, die weiße Bluse!« Sie schluchzte, und ihre Tränen machten es ihr unmöglich, noch weiter zu sprechen.

»Bleibt ruhig«, meldete sich auf einmal das Nachthemd, »ich bin auch hier, Anascha, bist du verletzt, hat sie dir etwas angetan?«

»Nein, ich glaube nicht. Aber wo sind wir, und wer ist *sie*?«

»Nachthemdchen, ach Nachthemdchen, was ist denn hier nur los?«, rief die Bluse.

»Die Kostümassistentin hat uns gestohlen und hier eingeschlossen«, sagte das Nachthemd.

»Wie geht es Coco, meinem Rock? Ich vermisse ihn schrecklich, Anascha, bitte, wie geht es ihm?«, fragte die Bluse.

»Coco vermisst dich auch ganz furchtbar, sie spricht den ganzen Tag nur von dir, und die Langonis versuchen bereits, dich zu finden«, sagte ich. »Ich bin so froh, dass du nicht in der Kochwäsche gelandet bist, wir hatten so große Angst um dich.« Vor Erleichterung und vor Aufregung liefen mir ein paar Tränchen über das Gewebe.

»Anascha, ich wurde von dem Dior-Kleid in den Wäschekorb geschubst, und Lucie steckt bestimmt mit diesem grausamen Kleid unter einer Decke«, sagte das Nachthemd.

Ich versuchte, mich etwas zu sortieren, meine Seide war zerknittert, und in diesem engen Gefängnis konnte ich kaum sehen, wo oben oder unten war.

»Wir sind in einem Schrank eingesperrt, aber ich weiß nicht, in was für einem. Ich habe Angst«, sagte die Bluse und drückte sich etwas fester an mich.

»Ich weiß, wo wir sind«, sagte da auf einmal eine piepsige Stimme, die aus der hinteren Ecke des Schrankes zu kommen schien.

»Wer bist du?«, fragte ich, und ich merkte, dass die Bluse vor Angst zitterte.

»Ich bin Shaydon«, sagte die Stimme, »ich bin ein Gymnastik-Shirt.«

»Ein Gymnastik-Shirt?«, sagte das Nachthemd erstaunt, »und wie kommst du hier rein?«

»Mit der Sporttasche, mit der ihr hierhergebracht wurdet«, erwiderte Shaydon. »Ich bin aus Dublin in Irland, und ich kann euch helfen.«

»Wie willst du uns denn helfen?«, bemerkte die Bluse mit sehr viel Skepsis in der Stimme. »Du bist doch genauso in diesem Schrank eingeschlossen wie wir alle hier, oder nicht?«

»Da ist etwas dran«, sagte Shaydon, »aber ich bin nicht allein. Wir sind zu zweit, meine Sporthose Shanise ist noch in der Tasche, und die wird Himmel und Hölle in Bewegung setzen, um mich zu retten. Sie weiß, dass wir hier sind, und glaubt mir, sie ist sehr sportlich.

Wir waren zusammen mit unserem Menschen bei den Europameisterschaften im Weitsprung, bevor wir gestohlen wurden.« Dann kicherte Shaydon. »Wartet es nur ab, Shanise wird es schaffen, die kann alles!«

»Ihr wurdet auch gestohlen?«, fragte ich.

»Mitsamt der Tasche, stellt euch das mal vor«, sagte Shaydon. »Unberechenbar, diese Menschen.«

An diesem Morgen ging es in der Garderobe von Lavinia hoch her, wie mir Belinda später ausführlich erzählte. Alle sprachen wild durcheinander, die Menschen und die Kleider.

»Wo ist das Nachthemd?«, rief Henriette sichtlich verärgert. »Was ist hier los, wo sind die Kostüme? Erst der Hosenanzug, dann die Bluse, jetzt das Nachthemdchen, hier muss es doch einen Dieb geben! Und wer hat hier Champagner getrunken? Warum steht hier ein Glas rum? Lavinia trinkt doch gar nicht!« Henriette hob das Glas an, das noch halb gefüllt auf dem Boden stand.

Lucie und Benno sahen fassungslos aus.

»Frau Schneider, ich habe abgeschlossen, und es war ja schon sehr spät, ich habe noch den Vorhang etwas zur Seite geschoben, das Mondlicht fiel so schön in den Raum«, sagte Benno.

»Ich glaube Ihnen ja«, sagte Henriette, »aber es geht doch nicht mit rechten Dingen zu. Was soll ich jetzt Lavinia anziehen, wir brauchen das Nachthemd für die nächste Szene.« Henriette schüttelte verzweifelt den Kopf und setzte ihre große blaue Brille ab. »Es war eine perfekte Kombination mit dem Pullover. Was machen wir jetzt nur?«

»Ich hätte da eine Idee«, sagte Benno. »In der Männergarderobe, da hängt noch ein schönes weißes Herrenhemd. Es ist zwar kein Nachthemd, aber tragen schöne junge Frauen manchmal nicht die Hemden ihres Freundes? Habe ich jedenfalls in so einem Magazin gesehen«, erklärte Benno weiter. »Boyfriend-Style nennt man das doch, oder nicht?«

»Sie sind genial, Benno«, sagte Henriette, »holen Sie mir dieses Hemd. Lucie und ich werden derweil kontrollieren, ob noch weitere Kostüme gestohlen wurden.«

»Wo ist das rote Seidenkleidchen?«, rief Lucie in dem Moment. »Es ist auch weg, dieses wunderschöne Kleid, ich kann es nicht fassen, es ist weg, sehen Sie doch Henriette, da hängt sein Bügel!«

In diesem Augenblick kam Lavinia in ihre Garderobe.

»Na, hier ist ja was los«, scherzte sie und wünschte dann erst einmal einen guten Morgen.

»Der Morgen ist leider kein guter, liebe Lavinia«, sagte Henriette, »es wurde erneut etwas gestohlen. Das zarte Nachthemdchen und leider auch das wunderschöne rote Seidenkleid.«

»Oh nein«, rief Lavinia und war sichtlich aufgebracht. »Nicht das rote Kleid, ich hatte es noch gestern Nacht in den Händen und auf dem Diwan liegen lassen«, sagte Lavinia und schaute verunsichert in die Runde.

Dann drehte sie den kleinen Ring an ihrem Finger, und man sah, dass sie an gestern Nacht dachte.

»Keine Sorge, wir haben eine Lösung gefunden, wie wir die nächste Szene überstehen«, sagte Henriette, und da kam auch schon Benno mit dem weißen Herrenhemd in die Garderobe.

»Wir sollten den Wachdienst verständigen«, schlug Anne vor. »Wer weiß, was sonst noch alles gestohlen wurde!«

»Du hast recht, Anne, ich werde mich darum kümmern«, sagte Benno, »und bitte macht euch keine Sorgen, ich werde euch beschützen.«

Henriette gab Benno einen leichten Klaps auf die Schulter.

»Dann kann uns ja nichts mehr passieren.« Henriette lächelte in die Runde.

»Um Himmels willen nicht den Wachschutz«, meldete sich der Poncho. »Diese lächerlichen blauen Overalls mit Silberdruckknöpfen haben ja nicht mal eine richtige Waffe.«

»Aber einen Schlagstock«, meldete sich Elke. »Ich habe es genau gesehen, als ich mit dem Overall letzte Woche nach der Wäsche auf der Leine hing.«

»›Auf der Leine hing‹, wie niedlich, dieses elende Waschtextil muss auch immer einen Kommentar beitragen«, mischte sich das Dior-Kleid ein.

Vicki fing an zu heulen. »Nein, nicht den Wachschutz, wenn ich den Schlagstock nur sehe …«

»Ich glaube, die Lackhose braucht wirklich eine Therapie«, sagte das Dior-Kleid.

Henriette drehte sich zu Lucie um. »Lucie, können Sie zu den anderen Schauspielern gehen und nachschauen, ob es noch weitere Diebstähle gibt?«

»Wird gemacht, Henriette«, sagte Lucie und verließ den Raum.

»Warten Sie, Lucie«, rief Henriette ihr noch hinterher, »bitte erzählen Sie Deborah Winter bloß nicht, was hier vor sich geht.« Dann sagte sie mit einem leichten Schmunzeln im Gesicht zu Lavinia: »Wir wollen doch Ihre Filmmutter nicht verrückt machen, nicht dass sie uns noch den ganzen Champagner wegtrinkt.«

Lavinia sagte gespielt entrüstet: »Aber Henriette, sie ist doch meine Mutter! Eine recht trinkfreudige, muss ich allerdings zugeben. Gut, wir werden den Humor nicht verlieren.« Dann verließ sie lächelnd den Raum.

»Hallo, guten Morgen, ich bin der Harry«, sagte das weiße Herrenhemd, als auch die anderen Menschen die Garderobe verlassen hatten.

Nach und nach stellten sich alle Kleidungsstücke vor. Carola, der Pullover, konnte vor Traurigkeit kaum seinen Namen nennen. »Was hob i mi gfreit über des Nachthemd«, sagte sie.

»Wir hoffen alle, dass es nicht schon zerstört in der Wäsche liegt«, sagte Belinda. »Es wurde von dem Kleid da drüben in den Wäschekorb mit der Kochwäsche gestoßen.«

Belinda deutete auf das Dior-Kleid, und alle riefen: »Buh!«

Harry war sprachlos und konnte nicht fassen, was er da eben gehört hatte.

»Glauben Sie denen kein Wort. Die lügen, es war ein Unfall«, sagte das Dior-Kleid. »Ein ewig flatterndes Nachthemdchen, das nichts Besseres zu tun hat, als sich ständig vom Bügel zu stürzen, und jetzt soll ich daran schuld sein, lächerlich ist das doch«, beschwerte es sich.

»Anascha«, seufzte Belinda, »mein armes Kind, wo seid ihr denn nur?«

Der Poncho rieb sich die Fransen und meldete sich zu Wort. »Belinda, haben Sie denn nicht gehört, dass die Menschen den Verlust des roten Seidenkleidchens schon bemerkt haben? Bestimmt suchen sie schon nach ihm.«

»Ich habe es nicht gehört, Herr Poncho. Was sollen wir denn nur tun? Wir können doch hier nicht so untätig rumhängen!«

»Sie ist so ein zauberhaftes Kleidchen, unsere kleine Anascha, die wird nicht untergehen. Sie werden sehen, die Vermissten werden sicher rasch gefunden!«, sagte Lulu.

Elke, der schwarze Overall, war ganz still geworden und hing völlig kraftlos auf ihrem Bügel. »Was ist das hier nur für ein Theater?«, sagte sie dann fragend in die Runde.

»Es ist kein Theater, es ist ein Film«, antwortete der Poncho.

Der Schrank, in dem wir zusammen festgehalten wurden, fühlte sich mit den Stunden immer enger an. Es war stockdunkel, nur durch das Schlüsselloch drang ein kleiner heller Punkt in unser Gefängnis. Hatte ich mir nicht immerzu gewünscht, in einem Kleiderschrank zu wohnen?

Erst jetzt merkte ich, wie unendlich dankbar ich sein musste für die Freiheit, die ich bisher an jedem Tag hatte erleben dürfen. Die Gemeinschaft mit den anderen und das stetige Kommen und Gehen von so vielen unterschiedlichen Menschen waren doch ein Glück.

Die ungemütliche Lage holte mich zurück in mein Jetzt, hier war ich gefangen, und es war nun vonnöten, aus dieser misslichen Lage zu entkommen! Ich versuchte mit aller Kraft, mich in eine bessere und bequemere Position zu bringen.

Während ich versuchte, zumindest meinen Ausschnitt wieder in eine aufrechte Position zu bekommen, drückte sich plötzlich ein Knopf an meine Seitennaht.

»Huch«, rief ich erschrocken. »Ich wusste gar nicht, dass Sie so große Knöpfe besitzen«, sagte ich zu der Bluse, »die drücken mir aber ganz schön in mein Gewebe.«

»Wie soll ich denn das anstellen? Ich hänge hier oben an der Stange, ich habe doch gar keinen Kontakt zu Ihnen«, antwortete die Bluse verunsichert.

Es war für einen Moment mucksmäuschenstill, und ein kalter Schauer zog mir bis ins Etikett. Die Sportkleidung konnte es nicht sein.

Das Nachthemdchen zitterte und fragte schüchtern: »Ist hier noch jemand? Wer ist denn hier noch?«

Keine Antwort.

Jetzt versuchte es die Bluse: »Wenn hier jemand ist, dann geben Sie sich zu erkennen, wir sind hier gefangen gehalten, von uns geht keine Gefahr aus.«

Da sagte plötzlich eine sehr angenehme Stimme mit einem unüberhörbaren südländischen Akzent: »Si, Señora.«

»Wo ist denn ›Si Señora‹?«, fragte die Bluse vorsichtig.

»Ich hänge neben Ihnen, Señora«, sagte die Stimme.

Die Bluse schrie auf: »Bitte seien Sie gut zu mir, ich bin doch nur eine weiße Bluse aus Wuppertal, aus einem ganz normalen Kaufhaus, oh bitte, verschonen Sie mich.«

»Keine Sorge, Señora, beruhigen Sie sich!«

Als sie sich etwas gefangen hatte, fragte die Bluse: »Aber Moment mal, wie kann es dann sein, dass Anascha Ihren Knopf an ihrer Seite spürt? Wo Sie doch neben mir hängen! Sind Sie etwa ein Mantel?«

»Ich bin kein Mantel«, sagte die Stimme jetzt schon etwas forscher. »Ich bin ein Blazer. Meine liebe Hose ist von unserem gemeinsamen Bügel gerutscht, als wir vor einigen Tagen hier in einer Nacht- und Nebelaktion reingesteckt wurden, nicht sehr vorsichtig, muy bruto«, sagte die Stimme.

»Dann sind Sie also auch entführt worden«, stellte das Nachthemd fest und fügte noch hinzu: »Machen Sie sich keine Sorgen, ich springe ständig von meinem Bügel. Der Hose wird schon nichts passiert sein.«

»Gracias. Und sehr erfreut. Wir sind ein dunkelblauer Hosenanzug aus einem Wollgemisch«, sagte die Stimme. »Wir heißen Carlos und Carmelo. Wir sind Spanier und wurden für eine große spanische Modekette genäht. Carlos, Carlos«, rief der Blazer, »geht es dir gut, mi amigo? Du kannst dich zu erkennen geben, sie sind nicht unsere Feinde!«

»Estoy bien. Todo bien, Carmelo«, hauchte da eine sehr raue Stimme, und ein Gefühl von Erleichterung beseelte uns alle.

»Ich bin Anascha. Wenn du so freundlich wärst und deinen Knopf etwas bewegen könntest, dann würde es nicht so drücken«, sagte ich bittend.

»No hay problema«, sagte Carlos, und mit einer Drehung hatte sich das Problem gelöst.

»Du bist ja beweglich«, wandte ich mich erstaunt an die dunkelblaue Hose.

»Wir haben einige Jahre neben der Arbeit Flamenco getanzt«, gab die Hose zu. »Beim Flamenco kommt es nur auf die Beine an, also auf mich.«

»Was du da redest«, sagte Carmelo, der Blazer, erbost. »Flamenco wird doch mit den Armen getanzt, ohne mich und meine Ärmel würden deine Hosenbeine aber bescheiden aussehen.«

»Na, ihr seid euch aber auch nicht einig«, bemerkte die weiße Bluse.

»Ist es nicht schwierig, immer so aufeinander angewiesen zu sein?«, fragte das blassblaue Nachthemdchen.

»Wir haben uns schon gern, aber ein Hosenanzug braucht immer einen Dritten im Bunde, ein Top oder eine Bluse, comprendes?«, sagte Carmelo und machte gleich der weißen Bluse ein Kompliment: »Wenn Sie auch bei Tageslicht so schön sind wie Ihre Stimme hier im Dunkeln, dann kann ich Ihnen jetzt schon versprechen, dass wir Sie sehr gernhaben werden, comprendes?«

Die Bluse kicherte vor Entzücken. »Sie machen doch bestimmt jeder so ein Kompliment, dann noch mit Ihrem spanischen Charme, da kann ich mir vorstellen, dass Sie viel Erfolg bei den Blusen haben …«

Der Blazer schmiegte sich etwas sie und intensivierte so den Kontakt.

Carlos rief immerzu: »Eine tolle Bluse sind Sie, que guapa, que guapa!«

Manche Textilien können sich schnell arrangieren, dachte ich. Warum hatte die Bluse nach einem kleinen Kompliment schon vergessen, dass Coco, der Rock, ganz verrückt vor Sorge war?

Da ließ sich das blassblaue Nachthemdchen vom Bügel fallen. »Ich dachte, ich bin lieber bei dir, Anascha«, sagte es. »Ich kuschle mich etwas an dich, dann sind wir beide nicht so allein.«

»Ach, liebes Nachthemdchen«, sagte ich, »wir müssen zusammenhalten, da hast du absolut recht, wer weiß denn, was noch mit uns geschehen wird? Ich hoffe, dass Eric und unsere anderen Freunde schon nach uns suchen. Ich glaube so fest an ihn, ich weiß, er wird uns finden!«

»Ich glaube an *dich*, Anascha«, sagte das Nachthemdchen und drückte sich noch fester an meine feine Seide. »Wir sind doch aus dem gleichen Garn gemacht.«

KAPITEL 17

Am späten Abend wurden zwei große Kleiderständer in Lavinias Garderobe gerollt. Benno strahlte übers ganze Gesicht, als er von Henriette gelobt wurde.

»Was würden wir nur hier ohne Sie machen, Benno«, sagte Henriette, »es war eine grandiose Idee, alle wichtigen Kostüme in Lavinias Garderobe zu bringen und sie hier zu bewachen.«

»Wir werden einen richtigen Wachdienst organisieren, jeder von unserem Team kann eine Schicht übernehmen«, sagte Benno sichtlich stolz. »Am Tag werden wir die benötigten Kostüme in ihre Garderoben zurückbringen, und in der Nacht sind sie dann alle sicher.«

»Dann hoffen wir mal, dass unser Dieb kein Geist ist, der durch geschlossene Türen geht und dann Champagner trinkt«, scherzte Henriette.

Benno lachte. »Lucie und ich werden uns abwechseln,

auch Anne aus der Maske und ein Produktionsassistent haben sich bereit erklärt, die Garderobe zu bewachen. Heute werde ich die erste Schicht übernehmen.«

»Sie sind unser Held, Benno«, erwiderte Henriette.

Nach und nach verließen alle Menschen die Garderobe, und als Ruhe eingetreten war, schwatzten auf einmal sämtliche Kleidungsstücke wild durcheinander.

»Ruhe bitte, hört mir mal zu«, ermahnte Eric, der alte Armeemantel, alle Anwesenden. »Wir sollten uns erst einmal einander vorstellen, und jeder, der etwas gesehen hat, was mit dem Verschwinden unserer lieben Freunde zu tun hat, sollte es auch gleich hier zum Besten geben.«

»Es ist doch schon mal ein großes Glück für uns alle, dass wir jetzt jede Nacht zusammenkommen«, bemerkte Belinda und neigte sich zu Eric. »Wie bin ich froh, dass du hier bist! Bitte finde Anascha und die anderen, ich kann an nichts anderes mehr denken.«

»Du solltest dich etwas ausruhen. Du weißt doch, wir haben morgen unsere erste Szene zusammen«, sagte Eric etwas leiser und zu Belinda gewandt. Und dann eher zu sich selbst: »Glaube mir, es bricht mir auch mein altes Herz aus Stoff. Ich habe dieses kleine rote Kleid sehr lieb gewonnen, wir müssen sie finden.« Und dann schaute er traurig auf den verlassenen Bügel, der noch immer neben Belinda hing.

»Hallo, hallo, Freunde, bitte einmal gut zuhören«, sagte ein beigefarbener Trenchcoat. Es war Mr Bloom. »Ich habe gestern mit den Langonis besprochen, dass sie doch bitte ihre textilen Öhrchen aufhalten sollen. Wir brauchen jede Hilfe, und da diese T-Shirts überall zu finden sind, habe ich auch gleich eines mitgebracht.« Der Trenchcoat redete mit großer Geste, weil er von den immer noch wild durcheinanderplappernden Kleidungsstücken respektiert werden wollte. »Ich bitte euch«, ermahnte er die Anwesenden, »wenn ihr alle auf einmal redet, kann doch keiner das Langoni verstehen.«

»Ich bin ganz Ohr, mein kleiner Freund«, sagte Eric, und das Langoni plapperte auch gleich drauflos.

»Also, ich bin ein Langoni«, erklärte es und musste erst einmal kichern.

»Aber das wissen wir doch«, ermahnte Eric das Langoni, »und bitte komm auf den Punkt. Wenn du etwas erfahren hast, dann sprich jetzt hier auch darüber.«

»Ist ja gut, alter Mantel«, kicherte das Langoni, »also, ich bin heute, wie immer natürlich, auf dem Set gewesen, und da habe ich gehört, wie die Kostümtussi mit einem jungen Mann gesprochen hat, der hatte kein Teamshirt an und war irgendwie eine coole Type.«

»Was hat er denn gesagt?«, unterbrach der Kriminalmantel, der schon ahnte, dass das Langoni wieder zu weit ausholte.

»Er hat gesagt: ›Warum willst du denn nach Paris auswandern, dieses Kleid von Dior hat dir wohl den Kopf verdreht, du bist doch irre.‹« Das Langoni kicherte abermals und konnte sich vor Aufregung, weil es jetzt im Mittelpunkt stand, kaum unter Kontrolle halten. »Der Typ hat sie dann ausgelacht und gesagt: ›Und glaube mir, Lucie, dieser Schauspieler wird sich nie für dich interessieren.‹«

»Also doch Lucie!«, brach es aus Belinda hervor, »dieses Mädchen ist doch zu allem fähig.«

»Was sagen Sie zu der Tatsache, dass diese junge Frau von Ihnen gesprochen hat, gnädige Frau Dior?«, sagte der Trenchcoat mit fester und lauter Stimme, sodass alle erschrocken in ihren Kleiderbügeln hingen.

»Ich …«, begann das Kleid von Dior erschrocken, »ich habe mit diesem Mädchen nichts zu tun. Schon gut, es hat eine sehr umgängliche Art, mit Kleidern wie mir umzugehen, aber nein, wo denken Sie hin, sie ist bestimmt kein Stoffling, nein, niemals. Sie schwärmt für Textiles, sicher, aber ich glaube, sie ist auch in diesen Finn Farhay verliebt. Ich habe gesehen, wie sie heimlich Drehbuchseiten vertauscht hat, damit Lavinia Probleme mit ihrem Text bekommt. Sie ist eifersüchtig auf sie.«

»Ich habe einen guten Freund in der Filmküche«, sagte das Langoni, »er ist ein freundlicher Kerl, und er kocht zusammen mit seinem Menschen das Essen, leider kann er …«

»Nicht schon wieder«, unterbrach der Kriminalmantel das Langoni, »bitte komm auf den Punkt. Was hat dein Freund in der Küche gehört?«

»Er erzählte, dass diese Lucie, wie soll ich es sagen, angegeben hat, dass sie bald bei Dior in Paris arbeiten wird. Sie sei als Praktikantin gegangen und käme jetzt als Stylistin zurück. Dann haben sie alle ausgelacht, und sie hat wütend den Speisesaal verlassen und noch gerufen: ›Den blöden Film könnt ihr vergessen!‹«

»Bei Dior«, witzelte das Dior-Kleid hochnäsig, »was glaubt die denn? Ich habe ihr doch nur immer mal wieder mein feines Etikett gezeigt, und es mag sein, dass meine elegante Art ihr gefallen hat. Ist ja auch verständlich, außer mir ist ja hier textilmäßig gesehen nicht viel los«, fügte sie noch abfällig hinzu.

Da ging ein Raunen durch den Raum, und viele der Kleider, Mäntel, Hosen, Röcke und Blusen beschwerten sich lautstark.

»Eine Unverschämtheit ist das!«, rief eine Hose.

»So behandelt kein anständiges Textil seine Kollegen«, rief eine cremefarbene Seidenbluse mit Schluppe, die noch nicht vorgestellt wurde. »Sehen Sie uns doch nur einmal richtig an«, sagte sie, »wir sind alle etwas Besonderes. Warum glauben Sie, sind wir wohl hier? Na, da verschlägt es Ihnen die Sprache. Sie mögen aus Paris kommen, und es mögen tausend Stunden an Ihnen gearbeitet worden sein, aber Sie sind auch nur ein Kleid, ein sehr schönes, ja, aber auch nur aus Stoff mit etwas Beiwerk.«

»Bravo«, rief Coco, der Rock, »also, eine Bluse mit Ihrem Format ist für jeden Rock auf dieser Welt ein Himmelsgeschenk.«

»Aber ich bitte Sie«, sagte die Schluppenbluse, »ich bin übrigens Olga. Und das musste doch mal gesagt werden«, fügte die Bluse noch hinzu, wohl wissend, dass sie Blicke der Bewunderung dafür erhielt.

»Olga«, rief Coco, »wie zauberhaft! Da bin ich aber froh, dass Sie hier bei uns ein sicheres Plätzchen für die Nacht gefunden haben.«

Die Bluse war begeistert, und der Rock schwärmte von ihrem zarten Cremeton und ihrer Schluppe, die zu einer Schleife gebunden war.

»Ich verschönere die Mutter«, sagte Olga noch.

»Jetzt aber zurück zu den Fakten«, unterbrach der Kriminalmantel das Gesäusel der beiden, die sich anscheinend gesucht und gefunden hatten.

»Ich bin dafür, dass wir uns erst einmal richtig vorstellen sollten, wie Eric vorhin vorgeschlagen hat«, sagte Lulu, das schöne Revuekleid. »Wir sollten schon wissen, mit wem wir hier die Nacht verbringen, oder was denken Sie, Herr Kommissar?«

»In der Tat, meine Liebe, in der Tat, das sollten wir«, bestätigte er und stellte sich dann gleich nochmals vor. »Mein Name ist Mr Bloom, meines Zeichens Kriminalmantel. Es freut mich sehr, Ihnen behilflich zu sein, ich war schon in vielen Kriminalfällen ein wichtiger Ermittler …« Dann räusperte er sich etwas verlegen, da er spürte, dass die Anwesenden ihn als etwas zu eitel empfanden. »So weit, so gut«, sagte er dann, »wer ist denn alles hier?«

Die Kleider der anderen Garderoben waren sich zum Teil schon bei den Dreharbeiten begegnet, und deshalb schwätzten wieder alle wild durcheinander.

»Stopp, stopp, meine lieben Freunde«, rief Eric mit seiner warmen und durchdringenden Stimme. »So, jetzt bitte ich erst einmal die Herren, sich nacheinander vorzustellen, also bitte schön.«

»Ich bin der Ole«, sagte der wunderschöne Smoking, und Lulu winkte vor lauter Zuneigung mit ihren Pailletten.

»Mein Name ist Hans«, bemerkte eine graue Hose.

»Ich bin der Edgar«, stellte sich ein wunderschöner Mantel aus schwarzer Wolle vor.

»Mein Name ist etwas schwierig«, sagte ein Herrenhemd mit Stehkragen, »ich heiße Bartholomäus und komme aus Italien.«

»Bella Italia«, rief eine Weste im Westernstil, »ich habe einmal einen Western mit einem italienischen Hemd gedreht. Mein Name ist Brandon, aus Texas in den USA.«

Da wurde Patsy ganz unruhig. »Was höre ich da? Texas! Hi there«, schrie sie der Weste zu, »ich bin die Patsy, aus amerikanischer Baumwolle, und ich …«

»Und bald mit mir in Mexiko«, unterbrach der Poncho die begeisterte Jeans.

Es folgten einige Hosen und Anzüge, ein Bademantel, der auf den Namen Errol hörte, und eine Badehose, die wie Jana-Ina aus Brasilien kam. Jana-Ina plapperte gleich auf Portugiesisch los, und die Badehose freute sich, jemanden aus ihrer Heimat getroffen zu haben.

»Diese Unterwäsche ist doch das Letzte«, bemerkte das Dior-Kleid, »kaum sehen sich diese kleinen Dinger, kleben sie schon zusammen, als ob sie von der gleichen Hand gefertigt worden wären.«

»Sie sollten sich mal an diesen Kleinen ein Beispiel nehmen, meine Liebe. Wenn Sie immerzu unter etwas getragen würden und wie die arme Badehose ständig im Wasser liegen müssten, dann möchte ich Sie mal erleben. Sie haben doch gar keine Ahnung«, meldete sich der Bademantel mit dem Namen Errol.

»Hört, hört, ein alter Bademantel macht sich Gedanken über das Leben«, zischte das Kleid von Dior den Bademantel an. »Frottee, mein Lieber, ist immer so dumm wie ein Handtuch. Da ist es doch egal, ob an Ihnen noch zwei Ärmel, eine Kapuze und ein Bindegürtel drangenäht wurden, Frottee bleibt Frottee.«

Zu guter Letzt war ein verwegener Blouson an der Reihe, er hing selbstbewusst auf seinem Bügel und wirkte völlig desinteressiert. »Haben Sie auch einen Namen«, erkundigte sich Belinda freundlich.

Der Blouson schwang leicht hin und her, dann wurde er immer schneller und schneller, bis er sich mehrmals überschlug, und alle jubelten vor Begeisterung. Als er seine Position zurückerlangt hatte, lächelte er breit über seinen glänzenden Reißverschluss und bemühte sich, sich betont lässig zu geben. »Ich bin der Roco, im Zirkus entworfen und ausgebildet.« Dann nahm er wieder Fahrt auf, um seine Darbietung noch mit einem Salto zu vollenden.

Patsy schrie vor Begeisterung und hüpfte auf ihrem Bügel hin und her. Die Langonis flippten jetzt völlig aus, und Eric und der Kommissar hatten große Mühe, wieder etwas Aufmerksamkeit zu bekommen.

»Also, Sie sind ein Artist«, sagte Eric, »wie wunderbar, das heißt, wir haben einen Mann im Haus, der über besondere Beweglichkeit verfügt.«

»Und das wird es dann auch schon gewesen sein«, bemerkte das Dior-Kleid. »Wie blöd kann eine Jacke denn sein, so einen Unsinn mit sich zu machen.«

»Wir haben doppeltes Glück«, bemerkte Belinda, »wir sollten unsere Lulu nicht vergessen, die hat schließlich Jana-Ina gerettet.«

»Noch jemand hier, der etwas Außergewöhnliches kann?«, fragte der Kommissar in den Raum.

»Gewiss, Mr Bloom. Ich bin mir sicher, dass der hässliche Bademantel auch noch ein Kunststückchen kann«, sagte das Dior-Kleid. »Er kann Wasser aufnehmen.« Da lachte es auch schon los und amüsierte sich königlich über seinen Scherz.

»Ich brauche nicht gebügelt zu werden«, meldete sich da der rosa Jogginganzug.

»Ich habe gefragt, ob jemand etwas Besonderes kann, nicht, was er nicht braucht«, bemerkte der Kriminalmantel.

»Ja. Deshalb weiß ich auch, dass, als ich gestern in der Wäsche war, diese Kostümassistentin ein blassblaues Nachthemdchen in eine Sporttasche gestopft hat und mit der Tasche über den Hof gelaufen ist«, präzisierte der rosa Anzug, so dass der Kommissar nur noch staunen konnte. »Sehen Sie, nicht gebügelt werden zu müssen erlaubte mir, gut aufzupassen«, fügte der Jogginganzug selbstbewusst hinzu.

»Aber es scheint Ihnen nicht in den Sinn gekommen zu sein, sich schon mal früher mitzuteilen. Ich hoffe, das hat auch mit Ihrer bügelarmen Appretur zu tun«, entgegnete der Kommissar etwas ungeduldig.

»Also lebt das Nachthemd«, platzte es aus Belinda heraus, »was für eine gute Nachricht.«

»In der Tat«, gab Eric zu verstehen, »eine wirklich gute Nachricht, aber wo sind die Vermissten nun, und was hat Lucie mit ihnen gemacht?«

Da dies keiner beantworten konnte, sollten sich nun erst mal die weiblichen Kostüme vorstellen. Es begann die Schluppenbluse, die so lange von ihrem Leben erzählte, dass darüber vergessen wurde, auch die anderen noch zu Wort kommen zu lassen.

KAPITEL 18

»Ich fasse jetzt noch einmal zusammen«, sagte Mr Bloom, und sein Popelin glänzte vor Konzentration. »Also, wir wissen jetzt, dass diese unsägliche Kostümassistentin Lucie dem Anschein nach für die Entwendung der gestohlen Textilien verantwortlich gemacht werden kann. Sie ist eine mittelgroße Person, bekleidet mit einem weißen Kittel, der vermutlich auch versucht hat, zu uns Kontakt aufzunehmen. Es kam jedoch nicht zu diesem Austausch, da die Verdächtige den Raum zu schnell verlassen hat. Ist das so weit richtig?«

Alle Kleidungsstücke stimmten zu.

»Dann gehe ich davon aus, dass, wenn wir dem Langoni glauben schenken dürfen, die Verdächtige in den Schauspieler Finn Farhay verliebt ist und dass sie alles unternehmen wird, um die Aufmerksamkeit dieses Mannes auf sich zu ziehen. Zudem ist davon auszugehen, dass die Entführten auf diesem Gelände gefangen gehalten werden.«

»Richtig«, rief das Langoni, »hinter einer Tür.«

Dem Tanga riss fast der String, so stolz war er, schon einmal in einem Krimi mit diesem Kommissar gewesen zu sein, auch wenn er selber nur in der Ritze gesteckt hatte. »Toller Mann!«, sagte er immer wieder.

»Richtig ist auch, dass es sich bei der Verdächtigen vermutlich um einen Stoffling handelt, den unser Dior-Kleid möglicherweise für seine Zwecke manipuliert hat.«

»Da möchte ich aber entschieden protestieren«, echauffierte sich das Dior-Kleid, »es sind reine Vermutungen, dafür werden Sie keine Beweise finden, Mr Bloom.«

»Die Zeugenaussagen haben ergeben, dass wir davon ausgehen können, dass Sie irgendwie in diese Sache verwickelt sind«, fügte er noch hinzu, »und das werden wir Ihnen auch beweisen, Madame Dior. Mindestens den Umstand, dass Sie das Nachthemdchen in die Wäsche gestoßen haben, werde ich Ihnen zur Last legen, warten Sie es nur ab …«

Dann wurde er unterbrochen von Eric, der freund-

lich, aber bestimmt »Danke, lieber Mr Bloom« sagte. »Und ich möchte jetzt alle hier in diesem Raum um etwas bitten.«

Es wurde mucksmäuschenstill, und alle Kostüme, inklusive der Langonis, lauschten den Worten des alten Armeemantels.

»Freunde«, sagte er mit seiner tiefen und freundlichen Stimme, »wir müssen jetzt zusammenhalten und alles Kleidermögliche unternehmen, um unsere entführten Freunde zurückzubekommen.«

Alle applaudierten, und eine Welle der Zustimmung nahm Besitz von den Kleidungsstücken in der Garderobe. Nur das Dior-Kleid machte keinen Mucks und versuchte, sich dezent im Hintergrund zu halten.

»Wir haben nur eine Chance, wir müssen einen Stoffling finden, der uns hilft und der die Gefangenen befreien kann.«

Dann gab es Diskussionen, wer von den Menschen am Set wohl ein Stoffling war. Die meisten tippten auf Benno, weil er uns immer mit »ihr lieben Fummel« grüßte. Dann wurde es langsam still, und es breitete sich ein Gefühl von Verbundenheit aus, was alle genossen, denn sie wussten, dass es etwas Besonderes ist, wenn alle an einem Faden ziehen!

Nur der Rock Coco war immer noch völlig entzückt von Olga, der Schluppenbluse, und hatte seine Bluse aus Wuppertal anscheinend fast schon vergessen …

Als Benno etwas später den Raum betrat, ging eine gute Energie von den Kleidern aus, die er zu fühlen schien. »So, ihr schönen Fummel, dann machen wir es uns doch mal gemütlich!« Er ließ sich auf den weich gepolsterten Diwan nieder. »Gute Nacht, meine Lieben, schlaft recht schön«, sagte er noch, und schon fielen ihm die Augen zu.

Durch die Garderobe ging ein Raunen, und Eric raunte: »Er ist wirklich ein Stoffling.«

Eric straffte seine Nähte und konzentrierte sich mit jeder Faser seines Gewebes. Seine Goldknöpfe strahlten, und jeder wusste, dass es ein magischer Moment war. Er baute eine intensive Verbindung auf. Die Hose, die der schlafende Benno trugt, reagierte als Erste. Sie bewegte sich ein wenig, und als sein T-Shirt und sein Wollpullover auf seiner Haut leicht zitterten, da hatten die Kleidungsstücke die Möglichkeit, in sein Unterbewusstsein zu dringen. Seine Unterhose straffte den Bund, und wie Unterwäsche eben so ist, hatte der Slip es übertrieben. Benno wäre fast aufgewacht und griff im Schlaf nach seiner Unterhose. Alle zuckten zusammen. »Typisch«, sagte der Poncho, »einen Slip braucht doch kein Mensch.«

»Leise«, zischte Belinda, »Eric muss sich konzentrieren.« Eric bemerkte gleich, dass der Slip es übertrieben hatte. Als alle Kleidungsstücke miteinander eine sanfte Wellenbewegung produzierten, da konnte die Magie der Kleidungsstücke in ihn eindringen. Immer wieder wiederholte Eric den Satz: »Traue Lucie nicht, traue Lucie nicht.«

Benno lag jetzt still auf seinem Diwan. Er wusste nicht, dass die Kleidungstücke ihm etwas mitteilen wollten.

Der Poncho flüsterte: »Hey, Eric, meinst du, es klappt?«

Eric sagte: »Wir werden sehen. Die meisten Menschen haben keine Ahnung, wie viel Macht wir Textilien auf sie ausüben können. Aber es gab durchaus schon den ein oder anderen Slip oder BH, der es geschafft hat, ins Unterbewusstsein eines Menschen vorzudringen und ihn oder sie auf diese Weise zu einem Seitensprung zu animieren!«

»Des kann i mir aber gar net vorstellen«, sagte Carola sichtlich erschrocken, und ihre Fasern sträubten sich bei dem Gedanken, dass auch sie einmal verführt werden könnte.

Vicki schüttelte fassungslos ihren langen Reißverschluss. »Ach Carola, was muss es doch für eine wunderbare Gnade sein, so naiv gestrickt zu sein wie du.«

»Ruhe jetzt, ich muss mich konzentrieren«, beschwerte sich Eric. »Benno darf nicht wach werden, ich kann eure Geschichten gerade nicht gebrauchen.«

Eine schmale Krawatte aus Seide flüsterte noch: »Was glaubt ihr, wie oft ich zusammen mit meinem Hemd unseren Menschen manipuliert habe?«

Vicki konnte ihr Lachen nicht unterdrücken und erntete einen strengen Blick von Eric. »Schon gut, alter Mantel«, brummte sie, »wenn Ihnen mal der Slip von

Benno nicht die Magie verdirbt, Unterwäsche kann man nicht trauen.«

»Frechheit!«, meldete sich Jana-Ina empört.

KAPITEL 19

Die anderen Gefangenen und ich hatten die Nacht gut überstanden, und die Nähe zu dem kleinen blassblauen Nachthemd hatte mir geholfen, nicht so viel Angst zu haben.

Die weiße Bluse war in den Armen des blauen Blazers eingeschlafen und dem freundlichen Carmelo mit seinem spanischen Akzent völlig verfallen. Hätte sie gewusst, dass auch der Rock Coco bereits von seiner Olga träumte, hätte sie dabei nicht so ein schlechtes Gewissen haben müssen. Aber die spanische Hose war doch so aufregend, dass sie ihr Gewebe nicht mehr unter Kontrolle hatte.

»Wie können die Menschen uns nur so in die Schränke stopfen?«, bemerkte Carlos, die blaue Hose.

»Guten Morgen«, sagte ich freundlich, und das kleine Nachthemdchen lag noch schlummernd auf meiner Seide.

»Buenos días«, hauchte Carmelo in den Schrank, um die weiße Bluse nicht zu erschrecken.

»Guten Morgen.« Noch ganz verschlafen räkelte sich die weiße Bluse. »Also, wenn ich nicht wüsste, dass wir hier gefangen gehalten werden, dann könnte ich mich an Ihre Nähe gewöhnen«, sagte sie zu Carmelo und grinste über ihre ganze Knopfleiste.

Ich beobachtete den Lichtpunkt in unserem dunklen Schrank. Wie war ich froh, dass Lucie den Schlüssel abgezogen hatte, so konnte das helle Sonnenlicht unsere Situation etwas erträglicher machen. Wo war ich nur, und was würde noch geschehen? Hatte Belinda nicht gesagt, dass ein hübsches Kleid, wie ich eines bin, von den Menschen gemocht wird?

Die weiße Bluse schnurrte vor Vergnügen. Wie recht doch Veronika hatte, als sie mir in meiner ersten Nacht unsere Welt erklärt hatte. »Die Blusen können mit allen, wenn ein flotter Hosenanzug vorbeikommt, dann werden sie schwach …« Wie gut Veronika das Leben kannte, wurde mir erst jetzt bewusst. Ob ich sie jemals wiedersehen würde? Mein lieber Abendmantel aus Brüssel, ich sandte ihr in Gedanken einen lieben Gruß, und eine kleine Träne lief mir über die Seide …

Als Benno die Augen aufschlug, lag er noch immer auf dem weißen Diwan in Lavinias Garderobe, und die Morgensonne schien ihm ins Gesicht.

Er brauchte einen Moment, bis er wieder wusste, wo er gerade aufgewacht war. Es war eine ruhige Nacht gewesen, und so waren ihm irgendwann einfach die Augen zugefallen. Er raufte sich die Haare und schüttelte leicht seinen Kopf.

»Was war das denn für ein seltsamer Traum?«, sagte

er zu sich selbst und schaute sich fragend in der Garderobe um. »Ich habe geträumt, ihr hättet mit mir gesprochen«, sagte er dann zu den Kostümen. »Und du, alter Mantel, hast immer wieder ›Lucie, Lucie, Lucie‹ gesagt. Ich glaube, langsam spinne ich.«

Er betrachtete die Kostüme, die alle fein säuberlich auf ihren Bügeln hingen und ihn anschwiegen. Dann reckte und streckte er sich noch einmal auf seinem Sofa, und ihm fiel ein kleines Stückchen Stoff auf, das unter einem Kleiderständer lag.

Es war Jana-Ina, die, seitdem sie aus dem Wäschekorb gefallen war, von keinem Menschen mehr beachtet worden war. Benno hob sie auf und lächelte verlegen.

»Mannomann«, sagte er dann, faltete den kleinen Tanga sorgfältig zusammen und legte ihn auf den Schminktisch, damit Lavinia ihn auch gleich finden konnte.

Jana-Ina seufzte vor Glück und verliebte sich sogleich in Benno. »So ein aufmerksamer Junge«, rief sie, und der Poncho verdrehte genervt die Fransen. »Tanga müsste man sein«, brummte er.

Benno öffnete den Vorhang, und genau in diesem Moment fiel sein Blick auf Lucie, die quer über den Hof lief und in einem Schuppen auf dem Gelände verschwand.

»Lucie«, sagte er verwundert und rieb sich die Stirn. Warum war er nicht schon vorher auf die Idee gekommen? Sie hatte einen Schlüssel, und warum sollte nicht dieses eigenwillige Mädchen der Dieb sein? Sie hatte sich schon die ganze Zeit merkwürdig benommen, und seitdem entschieden worden war, dass er Finn Farhay betreuen sollte, hatte sie kaum noch ein Wort mit ihm gewechselt.

Er erinnerte sich, wie sie immer wieder das rote Kleid so merkwürdig angestarrt und wie sie sich ständig im Umfeld von Finn aufgehalten hatte. Diese Blicke waren die eines verliebten und gekränkten Mädchens gewesen, alles passte zusammen, sie musste es gewesen sein!

Erst hatte er ja Deborah Winter im Verdacht gehabt. Sie konnte Lavinia nicht ausstehen. Er hatte in den letzten Tagen mitbekommen, wie Lucie ihr in allen Details von der gerissenen Naht des Dior-Kleides erzählt hatte. Deborah Winter hatte vor Vergnügen gekichert und gesagt: »Das dicke holländische Ding wird nie ein Star werden.«

In diesem Augenblick schlich Deborah Winter in Lavinias Garderobe. Sie hatte nicht bemerkt, dass Benno noch auf dem Diwan lag. Als sie die Drehbuchseiten für den kommenden Tag durcheinanderbringen wollte, entdeckte sie Jana-Ina auf dem Schminktisch. Sie griff nach ihr und steckte sie in die Tasche ihres opulenten Morgenmantels. »Reizwäsche«, murmelte sie, »so weit kommt es noch, mit diesem Stückchen Stoff macht das unbegabte Ding den lieben Finn nicht mehr verrückt.«

Dann hielt sie plötzlich inne, schüttelte den Kopf und sagte laut zu sich selbst: »Was machst du hier eigentlich,

Deborah?« Sie holte Jana-Ina wieder aus ihrer Tasche und betrachtete den kleinen Tanga in ihren Händen. Sie befühlte die feine Spitze und zog den Gummibund etwas auseinander. Jana-Ina zuckte vor Vergnügen, und ihr zartes Gewebe fühlte sich für einen Moment noch aufregender an.

»Wie hübsch du doch bist«, sagte Deborah und meinte nicht nur Jana-Ina, sondern auch Lavinia Jackson. Auch sie selbst war einmal eine junge und attraktive Schauspielerin gewesen. Wo waren die Jahre geblieben, die sie von dieser hübschen und begabten Kollegin trennten? Dann legte sie Jana-Ina zurück auf den Schminktisch, und jedes Kleidungsstück in der Garderobe wusste, dass Deborah Winter verstanden hatte, dass sie Lavinia nichts nehmen konnte, da sie es selbst besessen hatte: das große Glück der Jugend!

Leise verließ sie die Garderobe.

Benno runzelte die Stirn. Die Winter ist eine eifersüchtige Diva, dachte er, aber der Dieb der vermissten Kleidungsstücke ist sie nicht. Das konnte nur Lucie sein.

»Ich danke euch, meine lieben Fummel«, rief er dann laut in die Garderobe.

Im Rausgehen rieb er sich erneut die Stirn. »Ich bin doch nicht verrückt, oder?«, murmelte er, aber als er an der letzten Kleiderstange vorbeilief, hielt er noch einmal inne, drehte sich um und sah Eric an, der schön und stolz auf seinem Bügel hing. »Danke, du treuer Armeemantel«, sagte er und streichelte seinen großen Kragen …

An diesem Vormittag kam die Sonne zurück in unser Leben. Ich wusste gar nicht, wie mir geschah, wie aus dem Nichts wurde der Schrank aufgebrochen, und das helle Licht schien in unser dunkles Versteck.

»Da sind sie«, rief Henriette, und der liebe Benno strahlte uns an.

Lucie war neben der Tür stehen geblieben und gab sich teilnahmslos. »Oh«, sagte sie, »Henriette, ich habe diese Kleider auch gerade eben …«

Henriette fiel ihr barsch ins Wort. »Es ist vorbei, Lucie.« Die Enttäuschung war ihr anzusehen. »Das Einzige, was Sie jetzt noch retten kann, ist die Wahrheit«, sagte sie streng. »Los geht's, Lucie«, forderte Henriette sie auf, »es gibt hoffentlich eine Erklärung für das Theater hier und vermutlich auch für Ihr unmögliches Benehmen, seit wir hier zusammenarbeiten.«

Lucie wirkte fast erleichtert, dass diese Geschichte ein Ende gefunden hatte. »Ich … ich kann es Ihnen erklären«, versuchte sie stockend. »Ich hatte mich so sehr auf diesen Film gefreut, und dann kam dieser Benno«, sie schaute in seine Richtung, »er ist alles, was ich nicht bin, ein Modestudent, dem die Herzen zufliegen, und dann wurde er auch noch gleich am ersten Tag mal eben so für meinen Traumjob eingesetzt. Finn Farhay«, sagte sie, »wissen Sie eigentlich, wie ich diesen Mann bewundere? Ich habe ein großes Projekt abgesagt, nur weil ich hier dabei sein wollte. Und dann begeisterte er sich auch noch für Lavinia Jackson. Da hab ich die Bluse genommen … Wissen Sie, Henriette, wir Menschen sind doch eigentlich nicht anders als diese Kleidungsstücke hier. Die Stars sind die Couture-Kleider, sie sind etwas Besonderes. Aber ich bin doch nur eine Lucie, eine von vielen, eine Massenware! Aber mit der richtigen Kleidung könnte ich alles sein. Ich *musste* die Kleider an mich nehmen.« Dann machte Lucie eine kleine Pause. »Dieses Dior-Kleid, es hat mich ganz verrückt gemacht. Stellen Sie sich doch mal vor, so ein Kleid im Schaufenster zu sehen und einfach sagen zu können, das will ich. Und Simsalabim – schon habe ich es.« Eine kleine Träne lief ihr über die Wange, dann schaute sie an sich hinunter. »Sehen Sie mich an«, sagte sie dann, »ich trage hier einen weißen Kittel, damit auch ja jeder mitbekommt, dass ich nur hier bin, um für die großen Stars die Arbeit zu erledigen. Simsalabim – und immer noch ein Kittel!«

Henriette deutete auf ihren eigenen weißen Kittel und hob verwundert die Arme. »Lucie, wir sind Kostümbildner, wir sind ein wichtiger Teil dieses Films, aber wir sind hier nicht die Hauptdarsteller. Wir sind hier, um eine Geschichte textil mitzuerzählen. Die Stars sind die anderen.«

Lucie schüttelte wütend den Kopf. »Nein«, sagte sie, »der Star ist das Kleid von Dior.«

Henriette und Benno schauten sich bestürzt an.

»Lucie«, sagte Benno, »dieses Kleid hat ja richtig Macht über dich bekommen, es ist doch nur ein Kleid.«

»Das ist es nicht, es ist von Dior, und auch ich möchte einmal in so einem Kleid heiraten. Lavinia Jackson hatte doch nur noch Augen für Finn und dieses rote wunderschöne Seidenkleid. ›Ihren Zeugen‹ haben sie es genannt!«, sagte Lucie. »Es war ein großer Fehler, den Hosenanzug auch noch mitzunehmen, das gebe ich zu, aber er roch so gut nach Finn…

Henriette schüttelte fassungslos den Kopf. »Und warum das rote Kleid? Lucie, wissen Sie überhaupt, wie kostbar dieses Kleid ist, es ist eine Anfertigung, die aus der feinsten Seide gearbeitet worden ist, die es gerade auf dem Markt gibt. Es ist ein wirklich außergewöhnliches und wertvolles Stück, es ist wie Ihr geliebtes Dior-Kleid mit der Hand genäht. Lavinia Jackson hat es persönlich in Auftrag gegeben, da sie den Designer kennt, verstehen Sie. Es ist jetzt schon ein Kleid mit einer Geschichte! Außerdem wussten Sie doch genau, dass wir es für den Dreh brauchen. Also wirklich, uns läuft hier die Zeit davon, und Sie spielen Kostüm-Gott.«

Lucie strömten die Tränen über das Gesicht, und Henriette legte ihre Hand auf ihren Arm.

»Lucie, Lucie, Sie hätten doch mit mir reden können! Was machen wir jetzt mit Ihnen?« Henriette überlegte einen Moment, und dann sagte sie: »Sie werden für den Rest der Produktion in der Wäscherei arbeiten und beim Kostümverkauf mithelfen, und Sie versprechen mir, dass Sie den Kostümen eine gute Zeit bereiten.«

»Ist gut… Danke, Henriette, und bitte verzeihen Sie mir, ich wollte doch nur…«

»Jetzt ist aber Schluss. Ich schlage vor, Sie gehen jetzt

erst mal in die Waschräume und wischen sich die Tränen aus dem Gesicht«, sagte Henriette, und Lucie verließ mit hängendem Kopf aus dem Raum.

»Puh, Benno, ich danke Ihnen von Herzen. Was hätten wir ohne Sie gemacht? Und, Benno«, sagte sie, »wir wollen das hier vergessen, bitte sprechen Sie mit niemandem darüber. Es wäre für die arme Lucie sehr unangenehm und auch für mich. Sie ist doch meine Assistentin, und das fällt dann alles auf mich zurück. Es ist doch immer wieder erstaunlich, was so ein grandioses Kleid in den Mädchen auslöst.« Henriette schüttelte für einen kurzen Augenblick ihren gut frisierten Kopf, und ihre Brille wäre fast von ihrer Nase gerutscht. »Dann sind wir uns einig, mein lieber Benno?«

»Aber sicher, es ist ja gleich alles wieder an seinem Platz, und Lavinia wird glücklich sein, dass wir das rote Kleid gefunden haben!«

Henriette umarmte Benno kurz und sagte noch einmal: »Danke, wirklich. Ach so, und wir beide werden uns jetzt auch noch um Lavinia kümmern müssen.«

»Prima«, erwiderte Benno, »und wenn ich eines guten Tages ein großer Designer oder Kostümbildner bin, werde ich immer mit Ihnen zusammenarbeiten.«

Henriette musste laut lachen. »Dann sollten Sie ab jetzt einfach Henriette und ›Du‹ zu mir sagen.«

»Angenommen«, sagte Benno. »Dann sollten du und ich wohl erst mal die schmerzlich vermissten Kostüme zurück in ihre Garderobe bringen.« Während Henriette sich zum Schrank wandte, murmelte er noch: »Und die Moral von der Geschicht: Kleider klauen lohnt sich nicht ...«

Henriette holte nach und nach die Bluse und die anderen Kleidungsstücke aus unserem ehemaligen Gefängnis.

»Ist ja unglaublich, was die alles entwendet hat«, sagte sie mehr zu sich als zu Benno und legte mich vorsichtig in seine Arme. »Benno, bitte kontrolliere, ob es irgendeinen Schaden genommen hat, was ich für Lucie nicht hoffe«, fügte sie noch hinzu. »Es muss morgen drehbereit sein. Ich habe die Szene auf den letzten Drehtag legen lassen in der Hoffnung, dass das gute Stück wieder auftaucht«, sagte Henriette offenkundig erleichtert. Im Weggehen rief sie ihm zu: »Benno, beim nächsten Film werde ich deine Assistentin.«

Benno hörte Henriette noch lachen, als er mich in seinen Händen begutachtete. »Willkommen zurück. Ein Traum bist du«, sagte er, und als er an meinem Knopfloch einen kleinen Flecken entdeckte, schaute er sich diese kleine feuchte Stelle genau an und sagte: »Weinst du etw...« Dann lächelte er: »Jetzt drehe ich wirklich bald durch.« Kopfschüttelnd brachte er mich zurück in die Garderobe.

Der Rest des Tages war ein großes Fest, alle Kostüme freuten sich über die Rückkehr der Vermissten.

»Sie sind wieder da«, rief Lulu, das schöne Paillettenkleid.

Elke konnte vor Glück kaum Worte finden und rief nur immerzu: »Was für eine Freude, was für eine Freude!«

Das blassblaue Nachthemdchen sprang vor Begeisterung, kaum dass es hing, erst mal wieder von seinem Bügel und rief dabei: »Hurra, hurra, wir sind wieder da!«

Die Stimmung war großartig, und jeder wollte wissen, was uns zugestoßen war und wie wir befreit wurden.

»Gerettet zu werden ist ein unbeschreibliches Glück, die Rettung mitgetragen zu haben ist eine Freude, beides bleibt ein Leben lang in unserer Erinnerung«, sagte Eric, und die Langonis schmückten die Befreiung so aus, dass es sich für einige wie ein James-Bond-Abenteuer anhörte.

Ich freute mich unglaublich, wieder bei Eric und den anderen zu sein. Die Kostüme waren jetzt meine Familie, mein Zuhause. Etwas verknittert und mit einigen Staubfusseln hing ich wieder auf meinem Bügel und konnte es kaum fassen. Was hatte ich in den letzten Tagen nicht alles erlebt! Die einzige Frage, die ich mir jetzt noch stellte, war die, was wohl auf meinem Etikett stand. Trug ich vielleicht den Namen einer Marke in meinem Webetikett? Ein Designer hatte mich entworfen, und Lavinia hatte mich geordert, so viel wusste ich ja.

»Der alte Armeemantel hat die ganze letzte Nacht immerzu von dir gesprochen«, unterbrach Lulu meine Gedanken, »und er hat dem lieben Benno dauernd ›Traue Lucie nicht‹ in sein Ohr geflüstert. Er hat am lautesten gerufen und am längsten durchgehalten, nie hat er aufgegeben.«

»Wirklich? Ich danke dir so sehr, mein lieber Eric. Aber warum bist du denn überhaupt hier? Und all die anderen Kleidungsstücke?«, erkundigte ich mich bei Eric und den anderen.

Sie erzählten die ganze Geschichte, von Benno und seiner Idee, die Kostüme zu bewachen, von Mr Bloom, dem Kriminalmantel, den Langonis, die hilfreich waren, und der aufmerksamen Jogginghose.

»Der gute Eric hatte heute Morgen kaum noch Kraft, seine Rolle zu spielen, er hat sich so um dich gesorgt, meine liebe Anascha«, sagte Lulu, und ich konnte spüren, wie sie mit ihm gelitten hatte.

Die weiße Bluse war sehr ruhig, sie hatte wohl immer noch ein schlechtes Gewissen und träumte heimlich von Carlos und Carmelo. Coco tat es ihr gleich, sie hatte nur noch Gedanken für Olga, die jetzt in einer anderen Garderobe auf sie wartete.

Die Blusen und Röcke sind schon seltsame Stückchen Stoff, dachte ich, sie können sich so schnell verlieben und vergessen genau in der gleichen Geschwindigkeit, was ihnen einmal etwas bedeutet hat. Aber vielleicht waren sie so darauf angewiesen, einen Partner und Freund zu haben, weil sie nur gemeinsam mit anderen getragen wurden. Nicht allein zu sein ist das größte Geschenk, dachte ich, und während ich mich umschaute, spürte ich die Verbindung zu den anderen.

»Anascha«, rief da auf einmal eine Stimme ganz laut.

Lavinia hatte den Raum betreten. Sie trug ein dunkelgrünes Kleid. Obwohl ein Kleidungsstück eigentlich nicht sehr viel spricht, wenn es getragen wird, konnte Belinda ihre Freude über unser Wiedersehen nicht zurückhalten.

An diesem Abend erzählten Belinda und ich uns noch einmal alles, was wir erlebt hatten, und in allen Winkeln des Raumes freuten sich die kleinen und großen Kleidungsstücke, dass sie wieder zusammen waren.

Ich vermisste nur einen, den lieben Eric, der jetzt, wo keine Gefahr mehr bestand, wieder in der Garderobe des Schauspielers Finn aufbewahrt wurde.

Jana-Ina konnte die ganze Nacht nicht schlafen, da die Langonis ihr solche Angst machten. Sie redeten nur noch davon, dass sie Lucie überführt hatten, und wollten sich umbenennen in Krimgonis. Sie schmückten die Gräueltaten von Lucie so aus, dass Jana-Ina das Gefühl hatte, dem sicheren Verderben entronnen zu sein.

Und jeder wusste neue Details. Die spektakuläre Rettung und die Befreiung ließen die Kostüme bis spät in die Nacht nicht schlafen. Nur mir fielen irgendwann die Augen zu, während Belinda glücklich ihre weiße Blüte an meine rote Seide drückte.

KAPITEL 21

Gleich am nächsten Morgen wurde ich für eine schnelle Anprobe vorbereitet. Benno hatte mich frisch aufgedämpft, und die wollige Wärme hatte meinen Fasern gutgetan.

»Sind Sie bereit, Lavinia?«, sagte Henriette, »jetzt kommt der Traum aus roter Seide.« Dann schenkte sie Benno ein Augenzwinkern. Ihre große Brille wirkte in diesem Moment, als ob sie sich eine Lupe auf die Nase gesetzt hätte. »Wie erleichtert bin ich, wenn das hübsche rote Schätzchen jetzt noch passt, dann rufe ich aber gleich halleluja«, flüsterte sie Benno ins Ohr.

Lavinia verschwand hinter dem Paravent, und ein erwartungsvolles Raunen ging durch die Kleiderständer.

Zum ersten Mal in meinem Leben spürte ich die Wärme einer menschlichen Haut überall an mir. Ich fühlte den Körper meines Menschen, und in Sekundenschnelle hatte ich meine Bestimmung gefunden. Wir gehörten zusammen. Eine angenehme Ruhe breitete sich in mir aus, die Gewissheit, den Platz gefunden zu haben, an den ich gehörte. Der Körper, für den ich geschaffen worden war, das musste das Gefühl sein, von dem alle Kleidungsstücke träumten. Es war so stark und überwältigend, dass ich vollkommen verstand, warum es so ein großes Glück war, ein getragenes Textil zu sein.

Ich passte perfekt, es brauchte nicht eine Kleinigkeit geändert zu werden. Lavinia konnte es nicht erwarten, vor den Spiegel zu treten, und alle Kostüme in unserer Garderobe genossen diesen für mich so wunderschönen Moment. Na ja, fast alle.

Der freundliche Benno griff für einen kurzen Moment nach Henriettes Arm und strahlte vor Glück. »Es sieht umwerfend aus. Was für ein großartiger Look!«

Henriette nickte anerkennend und sagte: »Perfekt, es sitzt wie angegossen.«

Lavinia drehte sich entzückt vor dem Spiegel. »Also, wenn meine Filmmutti mich gleich in diesem Traumkleid sieht, dann braucht sie aber wirklich ein Gläschen Champagner zur Beruhigung.«

»Gute Idee«, rief Henriette, »da werde ich doch mal ein Fläschchen aus Deborahs Garderobe holen. Wir sollten anstoßen, vor der letzten Szene sollten wir feiern. Ach, wisst ihr was, ich hole Finn und Deborah und die anderen Schauspieler dazu. Benno, schau doch bitte auch nach unserem Regisseur.« Dann zählte sie noch eine Reihe von Mitarbeitern auf, die Benno nach und nach in Lavinias Garderobe brachte.

»Ich möchte mein Glas erheben, auf euch alle hier«,

sagte Henriette. »Es ist ein schöner Moment, und es ist ein Vergnügen, mit euch zu arbeiten. Ganz besonders möchte ich unserem Benno danken.« Henriette legte einen Arm um seine Schulter und setzte hinzu: »Er ist mein Held.«

Alle applaudierten, und Benno wurde etwas verlegen.

Deborah Winter säuselte: »Grandiose Idee« und prostete allen zu. »Schmeckt ja fast wie meine Lieblingsmarke«, rief sie etwas zu laut in die Runde.

In der Zwischenzeit hatte Anne letzte Hand angelegt. Als Lavinia fertig geschminkt und frisiert wieder hinter dem Paravent hervortrat, hielten wir alle kurz die Luft an, und Deborah Winter verschüttete vor Schreck ihr Getränk.

»Wow. Du bist wunderschön, Lavinia«, sagte Finn, der gerade erst in die Garderobe gekommen war, und in diesem Moment spürte jeder, dass diese beiden jungen Menschen etwas Besonderes verband.

Deborah Winter ließ sich erst mal nachschenken, und für einen kleinen Augenblick fühlte ich mich wie auf einer Party. Die Blicke der Menschen in diesem Raum machten mich glücklich. Ich war der Grund für ihre Bewunderung.

Eric, der zuvor hereingebracht wurde und nun zusammen mit Belinda und einigen anderen Kostümen auf einem Kleiderständer mit dem Zusatz »abgedreht« hing, beobachtete die Situation. Er strahlte mit seinen alten, immer noch glänzenden Goldknöpfen und hob sein Revers leicht an, und ich spürte seine Anerkennung und Zuneigung. Belinda drückte ihre schöne weiße Blüte an seine Seite, und es war ein Glück, die beiden zu beobachten.

Deborah Winter hatte eine Flasche Champagner neben ihren Stuhl gestellt, um sich unauffällig nachschenken zu können. Bei dem Versuch, beiläufig nach der Flasche zu greifen, fiel sie um.

Eine hellrosa Leggins, die auf den Boden gefallen war, saugte den prickelnden Champagner in ihr Gewebe. Es dauerte keine Minute, und die Leggins hatte einen Schwips. Sie kicherte etwas zu laut und rief: »Hoppla, ich bins, die Leggins!«

»Oh Gott«, stöhnte das Kleid von Dior, »besoffene Leggins! Tiefer kann ein Textil nicht sinken.«

Die Leggins hatte ihre angeborene Direktheit schon viel zu lange unterdrücken müssen, und es platzte aus ihr heraus: »Leggins sind doch eine Lösung! Hey, wir sehen auch von hinten top aus! Wir sind genauso elegant wie der Tüllvogel da hinten!«, rief sie völlig von Sinnen und benebelt vom Champagner. Sie deutete mit einem champagnergetränktem Bein auf das Dior-Kleid.

»Gott, wie billig du doch bist, du betrunkenes Beinkleid«, stöhnte das Kleid.

Kurz darauf unterbrach der Aufnahmeleiter unsere kleine Feier, und alle liefen zurück an ihren Arbeitsplatz.

Bevor ich ans Set gerufen wurde, fühlte ich einen kurzen kalten Schauer, der meine Fasern durchdrang. Es war das Kleid von Dior. Es hing auf seinem Bügel und bauschte noch einmal seine zarten Stoffbahnen.

Als Lavinia an ihr vorbeiging, zischte es mir zu: »Ich bin der Star, vergiss das nicht. Du bist jetzt auch nur noch ein Kostüm.«

Der letzte Drehtag war mein erster, und ich genoss jede Minute. Lavinia fühlte sich offensichtlich wohl mit mir, und auch ich versuchte alles, um mit meiner Schönheit die gespielten Szenen zu unterstützen.

Finn hatte eine wunderbare Einstellung, in der Lavinia sich in seine Arme fallen lassen musste, und er wirbelte uns umher. Da spürte ich, wie verliebt sie waren.

Am Ende dieses Tages hing ich glücklich auf meinem Bügel. Ich war jetzt ein Kostüm, ein Filmkostüm, um genau zu sein. Hatte nicht Eric erzählt, dass ein Kostüm beim Film für die Ewigkeit festgehalten wird und die Menschen auf der ganzen Welt uns sehen können?

Wie sehr hatte ich mich dagegen gesträubt, ein Kostüm zu werden. Jetzt aber spürte ich die Gemeinschaft der anderen, die Zuneigung eines Menschen und das Glück, wertgeschätzt zu sein. In diesem Augenblick hätte es mir nichts ausgemacht, wenn mir eine Nummer auf mein Etikett geschrieben worden wäre und ich mit Belinda und Eric und den vielen anderen in den Kostümfundus gezogen wäre.

Den Traum von einem Leben in einem Kleiderschrank in Belgien hatte ich aufgegeben. Die dunkle Nacht in unserem Gefängnis hatte meine Sehnsucht nach einem geschlossenen Schrank verändert. Die Kostüme waren jetzt meine Familie.

KAPITEL 22

Am nächsten Morgen erwachte ich spät. Die Erlebnisse des letzten Tages hatten mich in einen tiefen Schlaf fallen lassen. Ich wurde geweckt durch ein hektisches Treiben. Unzählige Arbeiter bauten den Raum zurück, und aus unserer hübschen weißen Garderobe war ein nüchternes Zimmer geworden. Es hatte seine Eleganz verloren, und wir Kleider hingen erwartungsvoll an unseren Bügeln und harrten der Dinge, die da kommen sollten.

»Was ist denn heute hier los?«, erkundigte ich mich bei Belinda.

»Heute ist Abbautag«, sagte sie. »Der Film ist abgedreht. Wir Kostüme gehen zurück in den Fundus, und die neuen, die zugekauften oder extra angefertigten werden verkauft an die Mitarbeiter des Films oder die Darsteller, die manchmal ein Kostüm mit nach Hause nehmen. Das Geld, das eingenommen wird, bekommen die Praktikanten und die Set-Runner, die häufig ohne Bezahlung die Dreharbeiten unterstützen, damit sie dabei sein können«, sagte Belinda.

»Das blassblaue Nachthemd und Anascha wird Lavinia sicher mitnehmen und den Tanga vermutlich auch«, bemerkte die liebe Lulu, die unser Gespräch mitgehört hatte.

»Dann hoffe ich mal für sie, dass ihr Koffer groß genug ist. Wie will das dumme Ding mich sonst nach New York befördern?«, bemerkte das Kleid von Dior und zitterte vor Vorfreude auf die große Reise.

Eine betretene Stille breitete sich in unserer, jetzt gar nicht mehr so schönen Garderobe aus.

»Ich bin der Star hier«, schrie da auf einmal das Dior-Kleid, »ich bin etwas ganz Besonderes, ich bekomme immer, was ich will …!«

Es hatte in dem Moment, als einer der Bühnenarbeiter den Spiegel an ihr vorbeigetragen hatte, gesehen, was auf ihrem Etikett stand. In großen roten Lettern war da »D-346-1-Eigentum des Kostümfundus« geschrieben, quer über ihr feines Webetikett mit dem Namen Dior! Das Kleid schrie wie von Sinnen und wurde dann auch schon an seinem Bügel hinausgetragen. Ohne Schutzfolie und ohne einen eleganten Koffer verließ es unsere Garderobe.

Wie immer wie aus dem Nichts tauchte kurz darauf plötzlich Lucie auf. Ich erschrak und wollte gerade um Hilfe rufen, da nahm mich das Mädchen schon von meinem Bügel, faltete mich zusammen und steckte mich in einen Karton. Ich konnte gerade noch verzweifelt »Nein, bitte nicht« sagen, da war ich auch schon in der dunkeln Box gefangen …

»Hilfe, Hilfe«, rief ich, und während ich hinausgetragen wurde, hörte ich noch Belinda weinen …

Später erzählte sie mir, dass Lavinia, als sie in einem feinen puderfarbenen Mantel und mit einer Handtasche über dem Arm in unsere fast schon leere Garderobe kam, sagte: »Ich brauche schnell die Sachen, die ich mitnehmen wollte, ich habe nicht viel Zeit, mein Flug zurück nach New York geht noch heute Abend.«

Sie schaute in der Garderobe umher und zog das Nachthemdchen von seinem Bügel, und als sie den kleinen Tanga auf ihrem Schminktisch fein säuberlich zusammengefaltet liegen sah, lächelte sie und sagte: »Danke, Henriette, den nehme ich auch gerne mit.«

Henriette schaute nur etwas verwundert.

»Wo ist mein rotes Kleid?«, sagte Lavinia dann, »ich kann es nicht finden!«

»Oh, das tut mir leid, es wurde bereits heute Morgen verkauft, es ist schon weg«, sagte Henriette, offenbar unangenehm berührt.

»Was? Es ist doch eigens für mich entworfen worden! Der Designer ist ein Freund.« Dann machte sie eine kleine Pause und sagte noch mit stockender Stimme: »Und es ist unser Zeuge gewesen in der Nacht, als Finn und ich zusammengekommen sind.«

Als Henriette ganz betroffen guckte, umarmte Lavinia sie kurz. »Sie können nichts dafür, ich hätte es gestern gleich mitnehmen sollen. Es ist nicht Ihre Schuld, kein Wunder, dass dieses Kleid sofort gekauft wurde, so wunderschön, wie es ist.«

Sie drehte sich noch einmal um die eigene Achse und sagte: »Danke, lieber Raum, danke, für den schönsten Moment in meinem Leben!« Dann schaute sie auf den kleinen Ring, den Finn ihr in der Garderobe angesteckt hatte. »Henriette, darf ich den Ring vielleicht behalten?«, fragte sie etwas verlegen.

»Aber sicher«, entgegnete Henriette. »Dann hoffe ich, dass dieser Traum in Erfüllung geht und Sie und der wunderbare Finn eines Tages heiraten werden.«

»Danke.« Sie nahm Henriettes Hände und umfasste sie mit einem herzlichen Druck. »Ich werde Sie und das wunderschöne rote Seidenkleid niemals vergessen. Danke für alles, Henriette«, sagte sie.

Als Lavinia durch die Tür ging, konnte sich Belinda nicht mehr beherrschen. Sie weinte bitterlich, und die Tränen liefen ihr in das schöne Gewebe. »Die arme kleine Anascha, unser lieber Star hätte sie mit in ihr Zuhause genommen. Das liebe Kleidchen. Warum ist sie nur nicht etwas früher gekommen? Wo mag Lucie sie nur hingebracht haben, warum hat dieses liebe Kleidchen nur so ein Pech?«

Da ging plötzlich die Tür auf, und Lavinia stand erneut in der ehemaligen Garderobe.

»Henriette«, rief sie, »ich habe etwas vergessen, ich würde so gern noch das dunkelgrüne Woll-Crêpe-Kleid mit der schönen weißen Blüte mitnehmen, wäre das möglich?«

»Aber sicher, warten Sie, ich schlage es noch rasch in Seidenpapier ein. Bitte nehmen Sie es als Geschenk mit, ich werde dem Kostümfundus erklären, dass Sie es so gernhatten. Sollten Kosten entstehen, so soll es mein Abschiedsgeschenk sein.«

Lavinia nahm das verpackte Kleid und rief im Gehen: »Und Sie sollten sich auch was Schönes zum Anziehen aussuchen, ich werde Sie nämlich zur Filmpremiere nach New York einladen! Und den süßen Benno, den bringen Sie gleich mit.«

KAPITEL 23

Gefangen in meiner dunklen Kiste hatte ich kein Gefühl mehr für Zeit und Raum. Warum hatte mich Lucie erneut entwenden können? Sie hatte Henriette doch versprochen, in der Wäscherei zu arbeiten und dann bei dem Kostümverkauf behilflich zu sein … Was, wenn ich verkauft worden war? Wer könnte mein neuer Besitzer sein?

Oder hatte Lucie nun doch Gefallen an mir gefunden? Vielleicht hatte sie mich behalten wollen? Wer weiß schon, ob die Reue am Tag ihrer Entlarvung nicht nur gespielt war? Ich wusste es nicht, und jetzt, eng verpackt in diesem feinen Papier, da gab ich mich meinem Schicksal hin.

War ich nicht schon einmal verschickt worden, war es nicht auch beim ersten Mal ein verwirrendes Gefühl gewesen, nicht zu wissen, wohin es ging? Und dann war am Ende alles gut ausgegangen. Vielleicht hatte ich ja auch das Glück, zurück an mein Atelier versandt zu werden. Galina hatte bestimmt mitbekommen, was mir alles zugestoßen war, und hatte sich dafür eingesetzt, dass ich zurückgeschickt würde! Oder ich würde doch noch nach Belgien kommen!

So lag ich gedankenverloren in meiner Kiste. Die Box, in der ich eingeschlossen war, wurde immer wieder neu verladen, ich hörte Stimmen und auch ein Fahrgeräusch, vermutlich befand ich mich in einem Lastwagen.

Ich kannte dieses Geräusch, und am Ende dieser Reise würde sicher ein Mensch meinen Karton öffnen. Das wäre der Start in ein neues Leben. Ich war noch immer ein rotes Seidenkleid, ein Kostüm, aber kein Mensch hatte eine Nummer auf mein Webetikett geschrieben. Also standen mir alle Kleiderschränke offen, und mit etwas Glück würde ich vielleicht doch noch ein Zuhause und einen Menschen finden.

Traurig war nur, dass ich mich nicht mehr von meinem lieben Eric verabschieden konnte und von Belinda und den anderen, sie fehlten mir schrecklich. Ich hatte mir fest vorgenommen, sollte ich eines guten Tages auch einmal ein erfahrenes Kleid sein, würde ich allen, die ich träfe, von meinen Freunden, den Kostümen, erzählen.

Eine Weile später breitete sich auf einmal ein helles und ohrenbetäubendes Geräusch aus. Ich konnte kaum erkennen, was da um mich herum los war, alles zitterte, und auf einmal hatte ich das Gefühl, dass ich den Bodenkontakt verlor...

Dann wurde es wieder ruhig, und in den nächsten Stunden wackelte es nur ab und zu, und ich schlief ein. Ich erwachte davon, dass ich noch einmal durchgeschüttelt wurde. Danach hatte ich das Gefühl, wieder auf dem Boden zu sein.

Einige Zeit später spürte ich, wie mein Karton hin und her gedreht wurde und ein schneidendes Geräusch mich aus dieser engen Lage befreite. Eine grobe und unfreundliche Frau öffnete mein Seidenpapier und legte mich neben meinen Karton.

Ich schaute umher und sah unzählige Kisten und metallfarbene Container, die über und über beklebt waren mit seltsamen Nummern und Schriftzügen.

Dann kam ein sehr dünner und schmächtiger Mann und sagte etwas auf Englisch. Zum Glück hatte Eric mir ein wenig von seiner Sprache beigebracht, sodass ich ihn verstehen konnte. Der Mann hielt immer wieder den Zettel, der mit mir zusammen in der Kiste lag, vor seine dicken Brillengläser und kontrollierte die Angaben in meinem Seitenetikett.

»100 % Silk«, sagte er, »that's correct.«

Ich wurde zur Seite gelegt, und als etwas Ruhe eingetreten war, sah ich neben mir einen Mantel aus einem dichten Fell. Es sah fast wie die Katze aus, die ich manchmal in unserem Atelier gesehen hatte, wenn sie am Fenster vorbeigeschlichen war.

»Hallo«, sagte ich, doch es gab keine Reaktion.

Ich versuchte es erneut. »Hallo, ich bin Anascha. Ich bin ein rotes Kleid aus Deutschland.«

Der Mantel war nicht zu bewegen, auch nur ein einziges Wort an mich zu richten.

Ich versuchte es noch einmal auf Russisch. »Sdrastwuitje«, sagte ich laut und deutlich, und da meldete sich auf einmal eine Stimme von dem Tisch gegenüber.

»Kak djela?«, fragte sie in feinstem Russisch.

»Gut geht es mir, danke«, sagte ich, »und wer sind Sie?«

»Ich bin Svetlana«, stellte sie sich vor. »Ich hänge hier schon fast eine ganze Woche fest, sie wollen mich nicht reinlassen.«

»Wieso reinlassen?«, fragte ich erstaunt.

»Wir sind hier beim Zoll«, sagte Svetlana, »ich bin ein Abendkleid aus Moskau. Meine Besitzerin hat mich per Luftfracht über den großen Teich hierhergeschickt. Du musst dir keine Sorgen machen, dich lassen sie rein, bist ja auch aus Deutschland.« Svetlana schüttelte etwas verständnislos ihr Packpapier.

»Ich begreife immer noch nicht, sind wir in London? Oder etwa in Belgien?« Ein Gefühl der Hoffnung breitete sich in meinen Fasern aus.

»Kleines, du bist in Amerika. Du steckst hier in den USA beim Zoll fest.«

Ich traute meinen Ohren nicht, in Amerika?

»Kindchen, wenn ich nicht wüsste, dass du auch mit Luftfracht verschickt worden bist, dann würde ich fast annehmen, dass du in deiner Kiste hierhergetrieben bist, wie eine Flaschenpost, die ein Mensch ins Wasser geworfen hat!« Dann lachte sie herzlich und klimperte mit der Dekoration, die ihr an den Ausschnitt genäht worden war.

»Weißt du, warum dieser Mantel neben mir nicht antwortet?«, fragte ich Svetlana.

»Der kann nicht sprechen, der ist doch tot«, sagte sie.

»Wie bitte, wieso ist er tot?«, fragte ich völlig erschrocken über diese Antwort, die ich nicht erwartet hatte.

»Anascha, so heißt du doch, oder?«

»Ja, das ist mein Name«, sagte ich.

»Mein kleines Kleid, dieser Mantel, der sieht nur aus wie ein Mantel, ist aber keiner von uns, er kann nicht sprechen, verstehst du?«

Ich verstand kein Wort. »Aber, warum sollte ein Mantel nicht sprechen können, wurde er zu lange vergessen, hat sich niemand mehr um ihn gekümmert?«

»Er wurde aus Pelz gemacht. Für ihn sind viele Tiere gestorben. Nein, Anascha, dieser Mantel kann nicht sprechen.«

»Aber warum tragen die Menschen dann so einen Mantel?«

»Weil sie nicht nachdenken, und weil einige Menschen glauben, dass sie das Recht dazu haben«, sagte Svetlana.

Ich versuchte noch zu verstehen, was ich da gehört hatte, da packte die unfreundliche Frau mich schon wieder in meinen Karton zurück, und meine Reise ins Ungewisse ging weiter.

Ich dachte noch einmal über Svetlana nach und hoffte, dass auch sie zu ihrem Menschen zurückkehren konnte.

Niemals hätte ich geglaubt, dass sich unser Leben so entscheidend verändert, wenn wir von einem Menschen getragen wurden. Es war so ein gutes Gefühl, diese Verbindung zu spüren, und erst jetzt begriff ich wirklich, wie schmerzlich die Erfahrung sein musste, nicht mehr beachtet zu werden.

Unzählige verschiedene Geräusche drangen durch meine Kartonage. Hatte ich jemals so ein Gewirr von Tönen und Stimmen erlebt? Es erinnerte mich an einiges, was ich schon vernommen hatte, aber gleichzeitig fühlte es sich neu und fremd an.

Amerika, hatte Svetlana beim Zoll gesagt. Lavinia Jackson lebte in Amerika, und auch Deborah Winter. Finn Farhay pendelte zwischen London und New York, hatte ich einmal Benno erzählen hören, und vermutlich waren es noch einige andere gewesen, die in Amerika ihr Zuhause hatten. Lulu kam von hier, und der Poncho und die Jeans Patsy träumten von diesem Land. Wer weiß, vielleicht hatte mich ja auch jemand aus dem großen Filmteam gekauft, wer konnte schon wissen, wo meine Reise enden sollte?

Ich musste an das Kleid von Dior denken und hatte noch seinen Schrei in den Ohren, als es erkannte, dass es nicht nach Amerika reisen sollte. Lavinia Jackson hatte sich gegen es entschieden, wer wollte auch mit einem Kleid leben, das schon bei der ersten Anprobe auseinanderreißt?

Leider hatte sich Lavinia anscheinend auch nicht für mich entschieden. Ich hatte es mir so sehr gewünscht, aber wenn sie mich gewollt hätte, dann hätte sie mich ja gleich eingepackt, wie bestimmt das blassblaue Seidennachthemdchen und natürlich Jana-Ina, die jeder wollte. Ihren rosa Jogginganzug und den schönen safranfarbenen Mantel hatte sie sicher auch in ihrem Koffer mit nach Hause genommen.

Zuhause, was genau bedeutet dieses Wort eigentlich jetzt? Unweigerlich musste ich an Galina denken. Ist Zuhause der Ort, an dem wir geboren werden? Oder ist es vielmehr der Platz, an dem wir uns geborgen fühlen, an dem wir uns auskennen und wo wir, wenn wir einmal nicht mehr da sind, vermisst werden? Belinda und Eric waren meine Familie geworden, und auch das Nachthemdchen fehlte mir sehr.

Also, ist Zuhause womöglich der Ort, an dem wir unsere Maschen ausstrecken können und frei und willkommen sind? Eines wusste ich mittlerweile ganz genau, es braucht die Menschen, die uns erst zu dem werden lassen, was wir sein können, nämlich ihre gern getragenen Freunde! So fasste ich etwas Mut und hoffte, auf genau so einen Freund zu treffen.

Außerhalb meines Kartons wurde es ruhiger, die Geräusche wurden allmählich immer leiser. Dann hörte ich das Klicken einer Tür und eine sanfte Stimme, die etwas sagte, das ich nicht verstehen konnte, und mein Karton wurde irgendwo abgestellt.

Ich war in einen leichten Dämmerzustand gefallen und erwachte, als ich hörte, wie meine Box geöffnet wurde.

Helles Sonnenlicht fiel auf meine Seide. In Sekunden erwachte ich zum Leben. Die Strahlen durchdrangen mein Gewebe, und ich spürte die wohltuende Wärme.

Ein feiner Duft von warmem Holz und eine vertraute Stimme ließen mein Kleiderherz höher schlagen. Es war die Stimme von Finn!

Überglücklich strahlte meine rote Farbe, und hätte ich nicht noch in jenem Karton gelegen, ich hätte einen Sprung gewagt, der Lulu zum Staunen gebracht hätte.

Finn sagte: »Augen auf«, und bevor ich realisierte, dass er nicht mich gemeint hatte, hörte ich die fröhliche Stimme von Lavinia. Mit einem Ruck holte sie mich aus der Kiste, und ich flatterte in ihre Arme.

»Danke, danke …«, rief sie und konnte anscheinend genauso wenig wie ich glauben, dass er mich gekauft hatte. Er erklärte ihr dann, er hätte Lucie gebeten, mich vor dem regulären Kostümverkauf in einen Karton zu packen und per Postweg an seine New Yorker Agentur zu schicken.

Lavina erzählte, wie unendlich traurig sie gewesen sei, als sie am nächsten Morgen erfahren hatte, dass ich bereits verkauft worden war. Sie hielt ihm ihre Hand hin, an der immer noch der kleine Ring steckte.

»Du weißt ja, Henriette hat ihn mir geschenkt, aber ich habe ihn in der Hoffnung mitgenommen, dass du es vielleicht ernst gemeint hast, damals in der Garderobe«, sagte Lavinia, und man sah, dass sie einer Antwort entgegenfieberte.

Finn umarmte sie und küsste sie überschwänglich, dann stemmte er sie in die Luft und rief: »Okay, Mrs Jackson, dann kann ich Sie ja bald Mrs Farhay nennen!«

Lavinia riss die Arme in die Höhe und lachte: »Nein, nein, mein Lieber, wir nennen dich lieber Mr Jackson.«

»Whatever you want, my sweet darling«, sagte Finn, und die beiden hielten sich fest in den Armen.

Ich war überglücklich, und von meiner Polsterlehne in diesem feinen Salon hatte ich einen weiten Blick über die große Stadt und den Park.

Die Hausangestellte betrat den Salon, und Lavinia bat sie, den großen grauen Karton aus ihrem Schlafzimmer zu holen. Die arme Conchita hatte schwer zu tragen, und mit einem »Here we are…« stellte sie die Box auf den kleinen Schreibtisch.

»So, mein hübscher Zukünftiger«, sagte Lavinia, »ich habe dir auch etwas besorgt.«

Finn schaute völlig überrascht. Er nahm den großen Deckel herunter und schob das Seidenpapier zur Seite. Da lag, fein säuberlich zusammengefaltet, der beste Mantel der Welt! Es war tatsächlich Eric, der alte Armeemantel.

Finn und ich waren sprachlos.

»Er sollte ausgemustert werden, und ich habe ihn so sehr an dir geliebt«, sagte Lavinia. »Also habe ich ihn an meinem letzten Tag bei dem Kostümverkauf für dich gekauft.«

Als Eric mich sah, konnte er ebenfalls kein Wort sagen, so glücklich war er. Finn lachte laut auf und freute sich sichtlich über den alten Armeemantel. Was hatten wir für ein Glück, mit diesen beiden Menschen leben zu dürfen!

Am gleichen Abend wurden Eric und ich in das große Ankleidezimmer gebracht. Conchita hängte uns auf unsere neue Kleiderstange.

»Hallo, bist du das, Anascha?«, rief auf einmal eine vertraute Stimme.

»Jana-Ina«, freute ich mich, »du bist hier! Schau doch mal, wer hier noch ist.«

Eric hob leicht seinen schweren Kragen, und erst jetzt konnte ich sehen, dass er ganz müde und erschöpft aussah.

»Anascha! Und Eric, lieber guter, treuer Freund«, ertönte es aus einem der offenen Schränke.

»Belinda«, rief Eric, und eine große Freudenträne tropfte aus einem seiner Knopflöcher.

»Wir werden jetzt alle zusammenbleiben, liebe Freunde. Ich bin zu alt, um noch weiter zu arbeiten. Die liebe Lavinia hat mich gekauft«, sagte Eric sichtlich gerührt von dem unerwarteten Wiedersehen.

»Zusammenbleiben ist ein schönes Ziel! Wer kein Ziel hat, der kann auch keines erreichen, und wer keine Freunde hat, der kann auch keine Freundschaft erwarten«, sagte Belinda.

Eric staunte nicht schlecht. »Das hätte glatt von mir sein können, liebe Belinda. Wie sage ich immer so schön: ›Dein Glück ist mein Ziel.‹ Das gilt natürlich für euch alle!«

Ich war überglücklich, jetzt war auch noch Belinda hier, und genau in diesem vollkommenen Moment sprang auf einmal das blassblaue Nachthemdchen von seinem Bügel …

KAPITEL 24

Sechs Monate später …

Heute ist der Tag der Filmpremiere. Seit Tagen dreht sich in unserem schönen Ankleidezimmer alles nur um dieses große Ereignis.

Im letzten Monat hatte Finn sich entschlossen, mit Lavinia zusammen in einem Appartement zu leben, und jetzt wohnten auch seine feine Sachen mit uns zusammen in unserem großen Ankleidezimmer. Es gab einen gewaltigen Trubel, als die vielen Herrenkleidungsstücke auf die unzähligen Kleider trafen. Manche von uns verliebten sich Hals über Knopf.

Eric ist jetzt ein Pensionär. Er erzählt jeden Abend Geschichten von den großen Filmen und Theaterstücken, in denen er schon mitgespielt hat. Belinda und Eric sagen sich jeden Abend »Schlaf recht gut«, und dann wissen wieder alle, wie gern sie sich haben.

Hier leben eine Menge aufregender Textilien. Wir haben einen freien Blick über den Central Park, und wenn der Mond scheint, dann denke ich immer an Deutschland und an den Film.

Heute werde ich das Kleid sein, in dem Lavinia die Premiere unseres Films erleben wird. Eric hat mir gesagt, dass dort ein roter Teppich sein wird, an dem Hunderte Fotografen aus der ganzen Welt stehen und uns ablichten werden.

Schon gestern kam die Maskenbildnerin Anne zu uns in das schöne Appartement, um eine Frisur und ein Make-up auszuprobieren. Kostbare Diamantohrringe wurden geliefert, und sie werden zusammen mit mir getragen. Ein Paar aufregende Glitzerschuhe wartet in einer Box auf den großen Abend. Alles ist vorbereitet für diese große Nacht.

Das blassblaue Nachthemd hatte sich vorgenommen, einmal alles von seinem Bügel aus zu beobachten. Doch es war so aufgeregt, dass es natürlich wieder heruntersprang.

Als wir gemeinsam mit Finn aus der Limousine stiegen, war es genau so, wie ich es von meinem lieben Eric erzählt bekommen hatte. Ein Blitzlichtgewitter erwartete uns, und die Fotografen riefen: »Lavinia, Ms Jackson, hierher, hierher. Bitte drehen Sie sich noch einmal. Sie sehen wunderschön aus in Ihrem roten Traumkleid.«

Henriette und der liebe Benno standen etwas verunsichert, aber stolz auf dem roten Teppich, und Lavinia drückte beiden einen Kuss auf die Wange.

Es war der wohl schönste Tag in meinem Leben. Ich

konnte das alles kaum glauben. Und als wir schließlich gerade die elegante After-Show-Party im Hotel Waldorf Astoria verlassen wollten, rief auf einmal eine vertraute Stimme: »Hi, Kleines, wir sehen uns zum Dinner.«

Es war Veronika, mein großer schöner Abendmantel aus Brüssel. »Ich sehe, du hast es geschafft, Darling.«

Dann stieg sie auch schon in die Limousine und brauste davon.

In dieser Nacht kamen wir sehr spät zurück. Das Mondlicht schien durch die offenen Vorhänge in mein Zuhause.

Als Lavinia mich ausgezogen hatte, legte sie mich vorsichtig auf einen kleinen Sessel, der in der Mitte des schönen Ankleidezimmers stand. Ich konnte mich in dem großen Spiegel sehen, der mir gegenüberstand. Im blassen Mondlicht konnte ich zum ersten Mal erkennen, was in meinem Etikett geschrieben stand: »Guido Maria Kretschmer …«

Was wurde eigentlich aus …

DER PONCHO, DIE JEANS PATSY UND DAS LANGONI haben es geschafft. Sie pendeln zwischen Amerika und Mexiko! Nachdem sie beim Kostümverkauf von einer amerikanischen Kameraassistentin erworben wurden, nahm diese die drei mit nach New York. Leider wurde der Koffer am Flughafen mit dem von Ivana Trump vertauscht. Sie schenkte dann den Poncho, Patsy und das Langoni ihrer Tochter, und die nimmt die drei immer mit, wenn sie in Mexiko heimlich ihre große Liebe trifft. Für die drei gibt es keine Mauern.

DAS DIOR-KLEID hat noch viele Jahre im Kostümfundus gearbeitet. Heute lebt sie in einem Nachtclub. Sie wurde bei einem Einbruch in den Fundus gestohlen und arbeitet nun jede Nacht auf der Reeperbahn in Hamburg. Manchmal versucht sie, vom Bügel zu springen …

ELKE, DER OVERALL, ist beim Kostümverkauf noch als letztes Kleidungsstück erworben worden. Eine Reinigungskraft aus Mecklenburg-Vorpommern hat sie dann aber in einem Gran-Canaria-Urlaub im Hotelschrank vergessen, und deshalb lebt sie heute bei einer anderen Reinigungskraft in Las Palmas. Momentan sind sie gemeinsam in einer Entzugsklinik auf dem Festland.

DAS PAILLETTENKLEID LULU ist zurück in Las Vegas und steht Abend für Abend auf der Bühne. Neulich durfte sie für ein Showkleid in der Nachbargarderobe einspringen, das in der Reinigung Schaden genommen hatte. Sie wurde von einer sehr berühmten Sängerin getragen. Die bewegliche Lulu drückte bei den hohen Tönen immer etwas unterstützend mit, und Céline Dion will nur noch mit ihr auftreten.

JOHANNA, DAS KOSTÜM aus Fulda, lebt jetzt in Afrika. Ihre Besitzerin hat sich im hohen Alter noch einmal verliebt. Eine Kontaktanzeige im *Fuldaer Tageblatt* veränderte ihr Leben. Sie ist jetzt verheiratet mit einem pensionierten Bäckermeister, der mit ihr auf Kreuzfahrtschiffen um die Welt schippert. Den Blazer und den Rock hat sie dann in die Mission gegeben, und sie werden heute von der Frau des Kirchenvorstandes in Malawi getragen. Der Rock brauchte sehr lange, um sich an Afrika zu gewöhnen, aber die beiden sind sehr glücklich, noch immer zusammen zu sein und jetzt jeden Tag in die Kirche gehen zu dürfen.

CAROLA, DER STRICKPULLOVER, lebt jetzt mit Angelina Jolie zusammen. Leider weiß niemand, wie es dazu kam, aber sie hatte Carola an, als sie sich von Brad Bitt trennte … Carola ist noch da, Brad nicht. Strickpullover halten eben für die Ewigkeit.

DER HOSENANZUG, CARMELO UND CARLOS, ist mit der weißen Bluse genau einen Sommer zusammengeblieben. Die Bluse hängt heute in einem Secondhandladen in Düsseldorf. Carmelo und Carlos wurden nach einem Streit getrennt und haben jetzt neue Partner.

LOTHAR, DER STEPPMANTEL, ist seit dem Film wieder groß im Geschäft. Er wird ständig neu gebucht und vom Kostümverleih ausgeliehen. Letzte Woche wurde er von der schönen Iris Berben getragen. Und Katharina Thalbach hat er auch schon warm gehalten.

EINIGE LANGONIS wurden in Polen verhaftet, als sie versuchten, zusammen mit einer wilden Rockband das Land ohne gültigen Reisepass zu verlassen.

MR BLOOM, DER KRIMINAL-TRENCHCOAT, geht allen Kostümen in seinem Fundus auf die Nerven, da seine Geschichten sich immer um die Rettung eines roten Seidenkleidchens drehen. Sie glauben ihm kein Wort. Wenn die wüssten …

SVETLANA, DAS RUSSISCHE ABENDKLEID, ist von der unfreundlichen Zollbeamtin gestohlen worden und hängt heute in ihrem Schrank in Queens. Sie träumt von einer eleganten Einladung, zu der sie es auch tragen kann. Sie weiß allerdings noch nicht, dass der russische Geheimdienst ihr schon auf der Spur ist. In Svetlanas Saum ist nämlich ein Sender eingenäht worden.

COCO, DER ENGE ROCK aus Paris, wird jetzt immer zusammen mit einer sehr engen Lederjacke aus Amerika getragen. Sie mögen sich sehr und werden von allen nur noch »Pony and Kleid« genannt.

VICKI, DIE LACKLEGGINS, lebt heute bei einer Kamerafrau in Köln, die in ihrer Freizeit für Amnesty International arbeitet. Auch Vicki ist inzwischen sehr engagiert und fährt einmal im Monat voller Begeisterung mit auf eine Demo. Außerdem hat sie sich mit einer Rüschenbluse angefreundet und hofft, mit diesem konservativen Textil ihre Vergangenheit aufarbeiten zu können. Die Rüschenbluse liebt Vickis schaurige Geschichten aus dem Schlafzimmer und bereut insgeheim, nicht auch eine Rolle in den *26 dunklen Fäden* gehabt zu haben.

SHAYDON, DAS GYMNASTIK-SHIRT, und die Hose Shanise wurden gemeinsam mit ihrer Sporttasche für den Friedensnobelpreis vorgeschlagen. Ein Journalist hatte die Tasche in einem Secondhandladen in Ramallah gekauft und in diesem Look einen Anschlag vereitelt.

JANA-INA war auf einer Urlaubsreise aus Versehen auf einem Sessel vergessen worden. Als die leicht übergewichtige Reinigungskraft sich etwas erholen wollte, hatte sie den Tanga erneut in eine Ritze gedrückt. Jahre später wohnte Kim Kardashian genau in dieser Suite, und als sie mit ihrem zu großen Diamantring in der Ritze hängen blieb, beförderte sie Jana-Ina erneut an die Oberfläche. Sie hat den Tanga ihrem Vater geschenkt, der jetzt Mutti genannt werden möchte …

MONI, DER MINIROCK aus dem Secondhand, hat endlich einen neuen Reißverschluss bekommen. Er wurde von einer türkischen Schneiderin von Hand eingenäht. Bevor Moni wieder abgeholt werden konnte, musste die kleine Schneiderei allerdings Insolvenz anmelden. Deswegen hängt Moni jetzt in der Insolvenzmasse fest und hofft auf eine neue Chance, inzwischen aber immerhin mit einem funktionstüchtigen Reißer. Es ist nie zu spät für eine neue Chance.

VERONIKA wurde in der letzten Woche zu Galina in unser Heimatatelier geschickt, da sie erneut einen Saumschaden hatte. Sie erzählte die ganze Nacht von New York und der Premierenfeier. Chantal, das vergessene und verschnittene Top, das immer noch da ist, glaubte ihr kein Wort und hat vor lauter Neid Stockflecken bekommen.

BÄRBEL, DER ANPROBEMANTEL aus Münster, wurde nach Jahren an der Tür versehentlich mit einigen Abendkleidern in eine Reinigung gegeben. Da sie nach mehreren Monaten immer noch nicht abgeholt wurde, wird sie nun von der Chefin der Reinigung als Arbeitskittel getragen und einmal die Woche chemisch durchgeblasen. Wie es aussieht, ist sie jetzt der glücklichste Kittel der Welt.

*Danke, Katha und Maxi, für eure Unterstützung,
sowie Merle Stegemann und Hicki,
meinen ersten Leserinnen.*

Guido Maria Kretschmer

geboren in Münster, gehört zu den renommiertesten deutschen Modedesignern, dessen Kreationen auch international höchste Anerkennung finden. Seit 2012 begeistert er als sympathischer Moderator ein Millionenpublikum in diversen TV-Sendungen, allen voran dem Kultformat »Shopping Queen«. Für seine Leistungen wurde er ausgezeichnet u.a. mit der »Goldenen Kamera«, dem »Deutschen Fernsehpreis« und dem österreichischen Film- und Fernsehpreis »Romy«. Aber auch als Autor war Guido Maria Kretschmer höchst erfolgreich: Seine beiden Stilratgeber »Anziehungskraft« und »Eine Bluse macht noch keinen Sommer« standen monatelang auf den obersten Rängen der SPIEGEL-Bestsellerliste.

www.goldmann-verlag.de

GOLDMANN
Lesen erleben